내가 죽기 일주일 전

我死的一週前

徐誾蔡 서은채 著

陳品芳 譯

【推薦①】

現在，還來得及輕聲呼喚

FB粉專韓國的筆記　次長

《我死的一週前》是一部柔軟卻殘酷、虛幻卻真實的小說。鄭熙完在十七歲時因意外失去了初戀金攬玗，六年後，他卻以陰間使者的身分重返人間，告訴她只剩下一週可活。當死亡成為倒數計時，主角迎來的不只是一場生命的終點，而是與過去傷痕的深度對話。

作者以輕快筆調描繪，道出了失去與遺憾，也鋪陳出對愛的渴望與放手的痛楚。她在書末寫下：「我開始寫這個故事，是為了感謝那些讓我努力活下去的人。」靈魂與記憶交錯的敘述手法，讓這本書不只是關於死亡，更是關於活著。

這不只是關於死亡的故事，更是一段關於修補關係、自我救贖的旅程，以及那些在日常中被忽略的溫柔與陪伴。讀完後，你會忍不住想起那個沒來得及告別的人，想輕聲地喚他一聲。

【推薦②】

淚光閃閃，因為不只是愛情

光磊版權經紀人　謝孟容

二〇二四年盛夏，首爾書展人潮洶湧、萬頭攢動，時任民音社版權部主管的南理事領著我穿越人群，到攤位上如數家珍向我介紹新書，那是我與《我死的一週前》的初相遇。

坦白說，對從小學開始走跳租書店、沉浸在言情小說世界、經歷過日本純愛電影如《在世界的中心呼喊愛情》紅遍台灣大街小巷時期的我，對於「男主角以陰間使者之姿，回到現世與女主角相會的故事」，從初始設定、故事走向到結局的預期，還真是波瀾起伏。那時的我心裡想著：「這就是一個兩人再次相戀，但女主角一定不會死，最後開放式結局的通俗虐心愛情故事吧？」

回到台灣後，為了工作，我依然找了個週末下午，安靜坐在桌前讀起這本小說，卻在讀了第一部女主角視角的故事後，忍不住爆哭。這時我才明白：「啊，原來作者不僅僅是想寫一個愛情故事而已。」

《我死的一週前》是一個關於愛的故事，但這份愛不僅止於愛情，更包含了友情、親情，甚至是對於生命的熱情。對我來說，這本小說最迷人的其實不是鄭熙完與金攬玗彼此超越生死的羈絆，而是透過兩人周遭親朋好友，描寫人們如何面對生命中毫無預期的失去。

「雖然會以爲自己失去了某個人，世界就會天崩地裂，但其實不一定會這樣。」正如書中英賢所說的，曾經以為的世界末日，其實是每人一生中必經的必然，面對失去所愛之人的心痛，我們能如何與之相處、抱著對已逝之人的愛，繼續擁有對生活的熱烈期待，才是這本小說想要探討的核心命題。

「剩下的日子、流逝的時光，絲毫不讓我感到急躁。有人說，等待就是一種悸動。等待與你重逢的所有時間、每一個日夜，都讓我悸動。」這段熙完留給攬玗的話，讓我雙眼因淚水閃閃發光，也讓我再次體會到一本書、一個故事能帶給人們如泉湧般的能量。

如今這個故事終於能與台灣讀者相見，不論你是否已看過改編的韓劇，我都衷心推薦透過原著小說，與這份珍貴的感動相遇。

目錄 CONTENTS

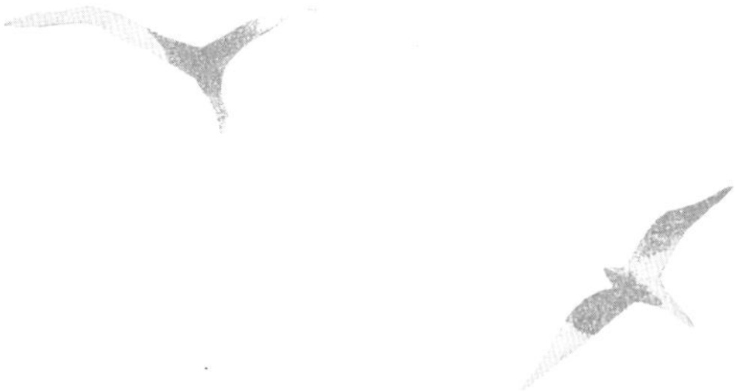

我死的一週前

若能抹去記憶，不知該有多好；

若能逃跑，不知該有多好。

只是你仍在我的記憶裡。

0

我曾經聽人說過。

陰間使者會化身成為我最愛的人的樣子來接我。

祂會化身成我思念的人，以我最思念的聲音呼喚我的名字。

在小小的花苞開始冒出頭來的季節，夜裡。

回家的路上，影子拉得長長的櫻花樹下。

你在那裡。

「鄭熙完。」

你，叫了我的名字。

我停下腳步，視線停留在那裡。

我的本能搶先理智，喊出了你的名字。

「……金濫竽……？」

「妳的發音還是很糟糕吔，就說我的名字不是那樣唸了。」

然後你笑了。那模樣清晰得就像幻象，好像我一伸手就會消失。

我以為我在做白日夢，因為你不可能出現在我面前。你不可能以如此清晰鮮明的模樣出現在我眼前，可是就連你站在那裡的模樣都是如此真實。

要說為什麼，因為你早在很久以前……

「還剩兩次。」

「什麼……？」

「接下來還有兩次，妳再叫我的名字兩次，這樣妳就能平靜地死去。」

因為你早已因我而死。

「喊吧，喊我的名字。」

我死前一週，你回來找我了。

1

「很簡單啊。」

你很執著。

「妳就叫嘛。就兩次，叫我的名字兩次，一切就結束了。」

無論如何假裝聽不見、刻意忽視你的聲音，我還是無法完全不理會你。無論如何用不同的方式勸說，最後都還是回到同樣的結論。你鍥而不捨地一再糾纏。

「喂，妳是真的想被車撞死嗎？我敢保證，妳會痛爆。還不如現在直接處理掉，速戰速決。這樣對妳好，對我也輕鬆。」

你說再繼續這樣下去，我就會在一星期之後，也就是星期一下午五點三十三分四十秒，在過斑馬線的時候被不遵守交通號誌的車子撞死。所以你要我在那之前喊你的名字，三次，只要三次，你的靈魂就會交付給我，而這是你最舒服的死法。你不斷糾纏著，要我趕快喊你的名字。

你執著地想說服我，目光卻死死盯在書本上。你翻著那本厚重的教科書，嘴巴唸唸有詞。

我放下筆，看著桌上那張離我有段距離的白紙，然後起身來到你躺著的床邊。

「走開，我要睡覺。」

我早就想過了，我沒有什麼遺言。這套房裡的東西大多是承租時附送的家具，沒什麼好整理的，所以我也不會留下任何東西。

你二話不說讓出了一個位置。我縮著身子躺進你讓出來的空間，拉過薄薄的棉被把自己包了起來。背後能感覺到人的體溫，這讓人感覺很生疏。不回頭我也知道，你，還有我，我們背靠著背躺著，沉浸在不同的思緒裡。

我的思緒自然而然往你那裡去。

你究竟是什麼？如果你是披著你外皮的陰間使者，那為何在我身後的不是十八歲的你，而是跟我同齡的成年男人？好像你真的還活著，跟我一起長大、變老，成為大人。

這果然是夢嗎？閉上眼睛再睜開、短暫入睡後再醒來，這夢彷彿就會消失。

「不是要睡了嗎？怎麼不關燈？」
「……哪有關係？」
「妳不是不喜歡亮嗎？」
我討厭早上，討厭豔陽高照的大白天。最討厭的，就是發出白色光芒的日光燈。
一瞬間，我的指尖僵硬得動彈不得。
怎麼會，你怎麼會……
「我關燈了。」
書本闔上的聲音傳來，燈幾乎是同時熄滅。房間陷入完美的黑暗，我們再度背靠著背。
「鄭熙完，妳是不是又在動平常沒在動的腦袋？」
濃密的黑暗中，你低沉的聲音傳來。
我閉上眼睛，除了你的聲音之外，還聽到另一個不存在的聲音。
妳又來了，又在動平常沒在動的腦袋了吧？

「別想，沒什麼，我會在這裡。」

我是不是叫妳改掉那個習慣？不要沒事在那邊想東想西，只要接受就好。

「所以，快睡吧。」

天氣這麼好，待在家裡實在太無聊了，我們出去玩嘛。

騙人。

你很卑鄙，一直、一直都是這樣。

2

小時候，我的第一個記憶是燈火通明的病房。妳憔悴地躺著，跟我打勾勾做了約定。

回家好好睡吧，我的寶貝，媽媽明天早上一定會去接妳。

年幼的我點了點頭，走出病房的同時，還用力對妳揮手。我信了，愚蠢又單純地信了。約定的早晨來到，妳卻永遠不在了，不在任何地方。

任何地方。

我是怎麼告訴妳的？我是怎麼說的？我是這麼反對妳就這樣放棄生命，妳卻連假裝聽我的話都不願意，顧著跟那個小丫頭做什麼約定？嗯？唉唷，妳喔，看看這是什麼樣子啊。這到底都是怎麼回事？妳生的也不是男孩，生了個沒用的丫頭就走了，害我的寶貝兒子成了單親爸爸。這到底是在做什麼啊？到底是在做什麼！妳憑什麼？當初嫁過來什麼也沒帶，光是醫藥費就拖垮了整個家，現在竟然還死了。唉唷，既然要死，還不如別生這個女兒呢！這女人啊，連要走都要拖累你。你以後要怎麼辦？這東西又要怎麼辦？哎呀，我眞是要氣死了，要氣死了。

聽著一連串的長嘆，你依然一語不發。白色日光燈照亮了病房，空蕩蕩的床前，你無力地沉默，忍受著無盡的斥責與哀嘆。遠遠看著你佝僂的背影，只覺得無比落魄。

空蕩蕩的床鋪，你離開的位置。

悲傷無影無蹤，只留下埋怨充斥病房。那接二連三打在我胸口的哀嘆，讓我猶豫著是否要摀上耳朵。

……媽媽。

突然脫口而出的呼喚，卻沒有等來回應。

未來也永遠不會有了。

永遠。

3

我覺得自己翻來覆去好久都睡不著，但睜開眼睛卻已經天亮。刺眼的陽光從窗邊爬入，是誰把窗簾掀開的？我昏昏沉沉地想著，到底是誰？

「醒啦？」

一個聲音傳來，朦朧的視線裡看見你的身影。你坐在椅子上，寬大的背背對著我，看著我昨晚留下的白紙。

「去吃飯吧。」

你站起身來，好像這裡是自己家一樣，自然地打開冰箱。我看著你一連串的動作，感覺一點都不真實。我下了床，撿起散落在地板上的紙張。直到昨晚都還一片空白的這些紙，不知何時已寫滿了字句。

看什麼？

紙上也不是什麼了不起的內容，但紙上一角寫的三個字像在對我冷嘲熱諷。我把紙揉成一團，往書桌扔去。

雖然你不是你，卻還是一如往常，一點也沒變，就連這種小玩笑也是。究竟為何？我帶著疑問，視線緊跟著你的背影。你在冰箱裡翻找了好一會兒，嘟囔似地抱怨：

「怎麼會有一個人家裡的冰箱，除了礦泉水之外什麼都沒有？妳到底都吃什麼過活？沒餓死真是了不起。」

老舊的冰箱裡，不過只有幾瓶礦泉水跟別人硬塞給我的維他命。其實前一天還有其他東西，但我都丟了。為何要丟？我不記得了。

你最終放棄找尋根本不存在的食物，開始拿鍋子煮水，似乎是從碗櫥裡找到了已經過期的泡麵。

拿厚重的主修課本墊在下頭，熱氣蒸騰的鍋子上了桌。

你遞出筷子。

「還沒過期到吃了會死人的程度，吃吧。」

見我沒接過筷子，你就拉起我的手，硬是把筷子塞進我手裡。接著便把頭埋進碗裡，囫圇吞棗似地吞下麵條。就像第一次吃泡麵一樣，看起來很開心。

我想起來了。我打翻了晚餐回來的那天，嘴上雖然說不要，卻還是半推半就地在你面前坐了下來，而你煮了一整鍋的泡麵。我根本還沒開動，你就已經吃完一整碗，還拿剩下的湯來泡飯吃。你的催促讓我別無選擇，只能勉強喝幾口湯，還不時偷看你的臉。

妳在看什麼？

「妳在看什麼?」

瞬間,我們視線交會。我的記憶出現裂痕,現實從中冒出頭來。我垂下眼,看著空空的碗。我把碗推向你,你嘆了口氣,很快裝滿了麵條再交還給我。而我模仿你,整張臉埋進碗裡,麵條大口大口往嘴裡塞。你看著我的頭頂,隨後逐漸看向遠方。

「妳應該沒有打算整天躺在這裡吧?妳想做什麼?想做什麼就告訴我。」

「……沒有。」

我已經申請休學,昨天下班後也辭去了兼職的工作。連遺言都沒有了,更不會有什麼想做的事。我拿走你手上的空碗來到水槽邊,你雙眼緊盯著我,視線始終沒有移開。

「我們出去走走吧,天氣這麼好。」

「不要。」

「妳又來了。妳是不是根本就沒想過,反正先拒絕再說?」

不是先拒絕再說,是真的不想去。我張嘴想說些什麼,最後決定還是別說了。我不想說,什麼都不想跟你說。

「我覺得呢，我們得先去一趟超市。雖然只有一個星期，但還是得吃東西才活得下去，不然在時間到之前我們會先餓死。」

「這不是更好嗎？你不是想要我早點死嗎？」

原本吵著說要我快點把剩下的兩次名字叫完，快點上路會比較輕鬆，事到如今卻在擔心會餓死，這邏輯還真是怪異極了。一陣難以言喻的沉默籠罩在我們之間。

「……是啊，是這樣沒錯。」

你無奈地笑了。我能感覺到，你的聲音就在我身後。你就像以前一樣，緊靠過來低頭看著我。

「但我還是不想看到妳死。」

如果我問為什麼，你會是什麼表情？

「走吧。」

你說話的口氣聽起來有些迫切，我不自覺轉頭將視線從你身上挪開。

「等我把這個弄完。」

我希望你能讓開，你卻動也不動。在我把所有的碗都洗好放到碗架上的過程中，你一直站在原地動也不動地盯著我，我感覺每一個被你注視的地方都熱燙難耐。我往門口走去，故意不看你，伸手抓了雙鞋子套上。你趕緊跟了出來，幫忙把門打開。

背對著外頭傾洩而入的春日陽光，你對我伸出了手。

沒有，你是這麼明確地存在於這個世界上，卻沒有那個東西。

走在前頭的你，身後卻沒有影子。

4

葬禮結束那晚，你用憔悴的臉努力對我擠出笑容，用無力的手摸了摸我的頭。

熙完，爸爸……爸爸會好好疼妳。

年幼的我只能乖巧地點點頭，除此之外什麼都做不了。

不會有事的，一切都會慢慢好轉的。

但我並不完全相信這句話，只是帶著一絲希望而已。

5

你走在前面推著購物車，拿到什麼就往裡頭扔。看起來像是隨便亂買，其實都有一定的規則。阿姨喜歡的鬆餅、爸爸喜歡的蝦味餅乾，我偶爾會吃的棒棒糖，最後是你喜歡的洋芋片。

有時候你跳過最後一個步驟，我還會偷偷把餅乾藏在背後，塞進購物車的角落。來到收銀檯，你一一把購物車裡的東西拿出來時，發現餅乾後自然會看我一眼。每一次，你都會默默給我一個笑容。

今天你也非常努力地塞滿購物車，依照你自己訂好的規則。而我則把你挑選的東西全拿起來，一一放回原位。你面無表情地靜靜看著我的動作，我則拿起視線所及的洋芋片塞進購物車裡。我似乎下意識地咬緊了牙，因為我能感覺到微弱的疼痛。你輕嘆了口氣，再度推動購物車。

寬大的購物車裡，塞滿了各式各樣的洋芋片。你將餅乾推到一邊，將各種食材堆在剩下的空間裡。我踩著小碎步跟在你後頭。平日白天的超市很悠閒，散步在賣場裡的員工以熱情的眼神招呼我們。你在其中一人的身旁停了下來，虛情假意地跟對方問候，並接過對方送上的餃子。

「啊。」

你把那個餃子往我這裡塞。你不催促，只是拿著插著餃子的牙籤等待。你看著我的眼神很堅持，我無奈之下只能張嘴，一股熱氣跟著餃子進到嘴裡。

「哎呀，兩位是新婚夫妻吧？感情可真好，這新郎官可真是溫柔。新郎官也吃一口吧，嗯？我可能沒辦法幫你們打折，但是可以送很多贈品。」

你拿著牙籤的手，瞬間微微抖了一下。

「……我們是兄妹。」

「天啊，真的嗎？因為我看你們濃情蜜意的……你們也知道的嘛，像我家的孩子，只要對到眼睛就會吵架。真抱歉，是我搞錯了。」

「我們長得不太像吧？我妹妹像爸爸，我比較像媽媽。」

我們常聽別人這麼說，不應該這樣的。哎呀，誤會也是正常的，不需要為了這種事道歉。不過還是請您多送我們一些贈品吧。好，謝謝……一陣寒暄之後我們才離開。我們忙著往前走，話漸漸少了，走路的速度也變快了。好不容易擺脫那裡，我才終於忍不住嘆了口氣。感覺頭昏眼花，甚至還有點噁心。

「你幹麼一個人走那麼快？我走丟了怎麼辦？」

你的表情極為平靜，一副沒什麼大不了的樣子抓住我的手臂。

「好像都買得差不多了，我們走吧。」

我受不了這種事，便甩開你的手退了開來。背後感覺到一股刺痛的寒意，原來我們來到酒類展示區。我伸手隨便抓了幾瓶酒，隨後快步往收銀檯前進。你沒有立刻追上來，只是一直注視著我。最後我停了下來，用有些沙啞的聲音說：

「不是說要走了嗎？」

「……社會已經很進步了，既然有購物車，妳又何必去辛苦自己的手臂？放進來吧。」

「不要。」

我固執地回答，並繼續往收銀檯前進。你嘆了口氣，靜靜推起了購物車。

我現在手裡拿的商品、購物車裡的商品，還有你，這一切究竟有什麼意義？反正一星期後我就要死了啊。

6

六歲的我，總是一個人。

爸爸是我唯一的家人，但他總是很忙碌。為了處理媽媽生病時留下的債務，讓他忙得不可開交，但似乎也不到苦苦掙扎的程度。還是他即使勉強自己，也只想給我最好的呢？

繡滿蕾絲的連身裙、有著一頭金長髮的迷人芭比娃娃、綁著大大緞帶的圓頭漆皮鞋，我擁有同齡女孩所羨慕的一切，我卻始終是一個人。

大家都不喜歡我。雖然他們並沒有刻意排擠我，但我就是知道。只要我坐在鞦韆上，他們就不會到鞦韆附近玩；只要我坐在長椅上，他們就會到鞦韆那裡去玩。其中有幾個人會偷看我手上的玩偶，好像很想要的樣子，但也僅此而已。他們執意疏遠我。

但我反倒覺得好，反正我出來也不是為了跟他們玩，只是需要一個殺時間的地方，也需要蒐集一些有用的資訊。只是要讓愛擔心的爸爸知道，我今天也到遊樂場來玩了、騙你說我的朋友是幾號的哪個誰。

妳爲何老是一個人？

單調的日常生活裡，你在某個一如既往的平凡午後出現。自顧自地在那邊玩的孩子們，看著我們竊竊私語。

……大家都討厭我。

爲什麼？

不知道。

那是個剪了顆栗子頭的男生。那雙滿是好奇的黑色眼睛上下打量我，然後咧嘴笑了。

我知道了，一定是因爲妳太漂亮。

什麼？

我說一定是因爲妳太漂亮。

你是白痴嗎？

你傻傻地搔了搔頭。

這樣不對嗎？我媽都很喜歡聽我說她漂亮。

你是白痴吧？

就這樣，你走進了我的生命裡。

7

回家路上。

你兩手提著購物袋走在前面。我提著你分給我的購物袋，慢慢跟在後頭。那是個陽光和煦的午後，風輕輕吹過，花草搖曳。是突然被那景色影響了嗎？你突然跟我說話。

「要不要去賞花？」

「……為什麼？」

「妳不是買了一堆酒嗎？一下就抓了一堆，還什麼種類都有。」

雖然我很想反問你，買酒跟賞花有什麼關係，但我不是不明白這個意思。每年這時候櫻花都會盛開，每條種了櫻花樹的街上都人滿為患。我家附近也有一個公園，那裡是知名的賞櫻景點。雖然我沒去過，也從沒想過要去。

「妳不記得了嗎？我們小時候不是約好了？等長大以後，要拿野餐墊到櫻花樹下去，坐在下面喝啤酒，我們現在就去吧。」

那只是你單方面的宣言。是你想要做的、是你主動說的，而我只是把這件事深埋在心底。

「手上這些酒都帶去，根本就能媲美百貨公司的酒類專區了。妳想吃什麼？挑些想吃的吧。」

你跟我做了很多約定。問我長大要不要去看流星、要不要搭火車出去玩。你總是自顧自地說著要去哪裡好，去山上不錯，去海邊也不錯，不如去看看日出吧，那似乎挺值得一看的……當時你真的跟我說了很多。

於是我……

「妳不會是打算把這些酒拿到樹下賣吧？」

「白痴喔？」

「不然妳是要一個人全喝了嗎？」

你說的那些事情，一件也沒有付諸實行。

「這麼久沒見，妳變成酒鬼了。」

「因為我長大了。」

我成了倖存下來的大人，而你是在死了之後才變成大人回來找我。聽完我的話，你不耐煩地咂了咂舌。

「妳難道希望自己酒精成癮，老了之後住進戒治機構嗎？」

「那有什麼關係？反正我只剩不到一個禮拜了。」

「那要現在喊我的名字嗎？」

那一刻，我被你回頭看我的表情說服了。

「喊吧。」

「……」

這很簡單，不過就是喊名字兩次，這哪有什麼？但我只是加快腳步，匆匆走過你身旁。

至少現在我還不想要，因為那會讓這一切顯得太容易結束。

8

哎呀，妳就是六〇二號的公主吧？

女人小心翼翼地靠了過來，溫柔地笑彎了眼。臉頰上深深凹陷的酒窩、笑開了的雙唇，以及從雙唇之間露出來的整齊牙齒與牙齦，還有又大又圓的眼睛，看起來就像隻小狗。阿姨，也就是你媽媽，跟你有點像又有點不像。

看到對方的第一眼我在想，真是個漂亮的人。

我不是公主。

不是嗎？對方歪著頭，疑惑地說我很漂亮，為何不是公主。那粉嫩的唇依舊帶著笑意。

那是個雖然沒有笑出聲音，卻好像隨時都在笑的人。那雙眼睛、那嘴唇、伸出來的手都十分溫柔。

妳怎麼一個人在這裡？妳爸爸呢？

他去工作了。

哦。

妳恍然大悟，一把牽起了我的手。陌生人的碰觸讓我有些慌張，但我並沒有躲開。因為手很溫暖，也因為那個傻里傻氣的孩子笑咪咪地看著我。

阿姨住在六〇一號，不介意的話要不要來我家吃飯？攬圩，你也同意吧？

就今天一天嘛，還是可以陪她玩啦。

這些人真奇怪。我搖了搖頭。

有人跟我說不能隨便跟陌生人走。

哎呀。

妳摸了摸我的頭，好像在稱讚我乖巧。真的好奇怪。妳的眼神，好像在看什麼脆弱可愛的生物一樣怪異。感覺就像在下雨的日子裡，發現了被人遺棄在路邊紙箱裡的小貓。但那天是個大晴天，我也不是什麼被棄養的小貓，而是正在享受孤獨的普通人，只是年紀比較小。我很想抗議，遺憾的是沒有人給我機會。

女人說的話打斷了我的思緒。

那我們要不要先自我介紹？我叫金仁珠，住在妳家隔壁。他是我兒子，名字叫金攬圩。來，我們可愛的公主叫什麼啊？

鄭熙完。

好，這樣我們就算認識嘍，對吧？妳要不要跟阿姨當朋友啊？

我聽說正常的大人不會跟小孩子當朋友。

但我想啊，不行嗎？要不要跟我玩？

……那我給您一次機會吧。

哇！好開心！走吧，我做好吃的東西給妳吃。我打電話跟妳爸爸說一下，妳能把他的號碼告訴我嗎？

妳聽著我一個一個把號碼唸出來，然後撥電話給我爸。通話很快就結束了，妳雀躍地哼著歌，輕輕牽起我的手。眼神跟女人一樣溫和的你則牽起我另外一隻手，在我耳邊小小聲地說：

喂，跟妳說一個祕密，我家的飯超難吃。我媽超級不會做菜。

你笑得很頑皮，我猛然轉過頭去看著你媽，卻實在不忍心把她的手甩開。我就這樣跟這兩個人一起坐到餐桌旁吃飯。

如你所說，阿姨掛保證說美味的飯，真的難吃到不行。

我說得沒錯吧？

你問，我卻搖了搖頭。

不會啊。

9

在我強烈主張櫻花就該晚上看才對之後，我們便等到太陽完全下山才前往公園。不知是不是因為花就要謝了，公園裡的人比想像中要少許多。你找了一棵巨大的櫻花樹，把帶來的東西一一放在樹下的長椅上便坐了下來。我堅持說要把剛買的東西都帶上，你並沒有採納。只帶了幾瓶罐裝啤酒、可樂、幾種充當下酒菜的零食，僅此而已。

你開了罐啤酒塞給我，自己則拿了瓶可樂。不知你在想些什麼，可樂開了並不是馬上喝，而是湊過來碰了一下我的啤酒罐。乾杯，你說。

「乾杯！」

看你一口氣乾掉可樂的樣子，感覺就像連續劇裡經常出現的上班族，下班後去聚餐的那種。這乾杯究竟是為了什麼？真是奇怪。

「我一直很想試試看這種事，真好。」

你放下空罐，咧嘴對我笑了笑。

「為什麼？」

「就有點類似完成遺願清單之類的啊，大家心裡應該都有一、兩個死前想完成的願望吧？」

我喝了一口啤酒。好苦。

遺願清單，死前想做的事、死前想留下的話。

「妳沒有嗎？」

「……沒有什麼？」

「想做的事。有的話就說，剩沒多少時間了，我陪妳一起去做。」

怎麼可能會有？因為……

「你為什麼不喝酒？」

「下次再喝吧，等工作結束，到時再喝個痛快。我現在在上班啊。」

因為我唯一的願望已經實現了，雖然是以非常詭異的形式。但總之，願望實現了。能見到你、能跟你說話、能聽到你的聲音，光是這樣我便感到滿足。

你慎重其事，以非常真摯的神情看著剩下的飲料。修長的手指在那些鋁罐前徘徊，然後終於抓起其中一罐。

「妳怎麼都不懷疑？」

「懷疑什麼？」

「這不是很怪嗎？」

你指著你自己。

「不可能會有這種事啊，不是嗎？」

我模仿你剛才的舉動，一口氣把啤酒喝光。可能是因為不熟悉，我的喉嚨很快感到熱燙。

「你本來就很奇怪。」

你又替我開了一罐。就在我一口一口喝著啤酒的時候，片片花瓣從天而降。

「鄭熙完。」

「幹麼？」

「固執難搞難懂又愛胡思亂想的鄭熙完。」

一隻大手伸了過來，一把弄亂了我的頭髮。散亂的髮絲遮蔽了視野，讓我看不清楚你的臉。

「我……」

「……」

「……妳。」

不管怎麼等，都沒等到你複述剛才的話。你突然伸手摸我，又突然與我拉開距離。我倉皇地喝著酒，因為這是我當下唯一能做的事情。我很想問問你。

你……我。

……中間那個字是恨嗎？

10

你沒有爸爸，我沒有媽媽。這是個奇妙的緣分。我們剛好住在隔壁，擁有適當的條件能填補彼此的不足。

爸爸在太陽下山的時候下班，阿姨則在那個時間上班，直到天亮才回來。阿姨說，她在認識的姐姐經營的便利商店上大夜班。等阿姨回來，我們就會聚在一起吃早餐。然後爸爸去上班，你跟我手牽著手一起去幼兒園，阿姨則到了這個時候才上床睡覺。等幼兒園下課，我會到你家去吃晚餐，阿姨去上班時，你則到我家來睡在我旁邊。

我們就這樣分享彼此的人生。你理所當然地在我身邊，我以為這樣的日子會持續到永遠。

直到那天意外發生之前。

11

在久違的宿醉伴隨之下迎接早晨。你煮了泡麵說要醒酒，我默默地把麵塞進嘴裡。餐桌才剛收拾完，你就急忙拿著紙筆過來要我坐下。

「幹麼？」

「寫妳的遺願清單。」

我看著那張白紙。我知道不是我這樣盯著看，紙上就會突然冒出字來，但我還是覺得非常不滿，我選擇以扔筆作為抗議，但並沒有太大的用處。你一把接起了筆，硬是塞到我手裡。

「就照我唸的寫。」

這樣就不是我的遺願清單，而是你的了。

「第一個。」

我用力寫下數字，一邊無謂地期待著筆能寫到一半就斷掉。

「交朋友。」

「……這什麼願望啊？」

「妳現在還是沒朋友啊，不是嗎？」
「我有。」
「說謊鼻子會變長。」
「……」
我又不是小木偶，胡說八道什麼？
「一般來說，一個人在大學附近自己租房子住，卻好幾天都沒有人來拜訪，這樣正常嗎？這間房子還要電鈴幹麼？根本用不到嘛。」
你激動地說著。我也不知道，如果因為沒用就要消失，那這世上有一半的東西都該消失。
雖然你笑著說這很不正常，但這在我的世界很正常。我一直都是一個人。在沒有你的世界裡，我一直都是。

12

今天小菜有點空虛吧？多吃點。

竊笑的聲音從四面八方傳來。我低頭呆看著自己的餐盤，飯菜被人倒上了垃圾，被弄得一團亂。刺鼻的臭味搔癢我的鼻尖，更忍不住用力握緊了手。

不用想也知道是誰主導這件事，因為那個人就在我面前，還笑容滿面。我拿起餐盤，往那張笑臉扔了過去。

瞬間，取餐檯旁亂成一團，尖叫聲四起，竊笑的人慌張地把倒在地上的人扶起來。教室瀰漫著一股令人膽寒的靜默，我靜靜回到自己的座位拿起書包。直到我從教室前門離開時，身後也只有竊竊私語的聲音，卻沒有任何人拉著我。

鄭熙完！

不，有一個人拉住了我。熟悉的聲音讓我停下腳步，溫暖的手拉住我的書包。

沒事吧？發生什麼事了？

你喘著氣，像是急忙跑過來一樣。四周雖然嘈雜，我卻什麼也聽不見，眼裡只有你。

只有你。

沒什麼事，放開我。

我甩開你，穿過不知何時聚集過來湊熱鬧的人群離開。你沒有追上來，但我只覺得這樣反而比較好。

這種事經常發生，是我一直以來的經歷，也是我未來會經歷的事。這麼長時間以來，走進我世界的人只有你。而我如此希望——

你就是我的整個世界。

13

交朋友。

看電影。

去像樣的餐廳吃晚餐。

跟爸爸說愛他。

去旅行。

新年去看日出。

談戀愛。

白色聖誕節約會。

做雪人。

在咖啡廳讀書。

拍畢業照。

穿套裝去面試。

拿面試用的照片修圖。

寫自我介紹，一邊罵自己在編故事。

參加聚餐。

送出奠儀……

你說的內容越來越奇怪，大多不是現在就能立刻做的，而是必須平安度過到未來才能去做的事。我感覺好像在窺探誰的人生。

你又說了一個願望：幫爸爸慶祝六十大壽。我終於忍不住丟出一個尖銳的提問：

「那要再多活幾年才做得到？」

你輕輕地笑了。

「這個嘛，大概再十六年？」

「……沒有想像中那麼長嘛。」

你繼續說著自己的願望。看孫子孫女表演才藝、幫我辦六十大壽、辦七十大壽……我再也忍不住，便插嘴說：

「到底是要我活到幾歲？」

「現在不是都說是百歲時代了嗎？既然這樣，那就得活到那個時候啊。」

最後，你像在宣示一樣說：

「一百年後跟我重逢。」

「這什麼啊？」

有個溫熱的東西啪嗒一聲掉了下來。你假裝不知情，催促我要我趕快寫。我很害怕，你依然是這麼溫柔，我感到害怕。

「這樣就行了，先從第一項開始吧。」

「……要怎麼交朋友？」

「不知道，但應該要先出門吧？」

我拗不過你的連聲催促，不情不願地出門了。天氣依然很好，四周瀰漫的空氣中，冬天的氣息已完全消失，季節已經轉變為春天。我跟在你後頭走著，突然停下了腳步。

為何你不跟我並肩走呢？為何總要走在前面呢？我只覺得你的背影彷彿立刻就要融化在陽光裡。

我們坦誠一點吧。

我很害怕，害怕你會再度消失。

「妳停在那裡幹麼？」

我想喊你的名字，想確認你真的存在。但也因此我無法呼喚你的名字，因為只要再喊兩次，下一刻你就會消失。

「要跟上去了。」

「妳走得很慢吔。」

「那又怎樣？」

你連連抱怨，並配合我的速度放慢腳步，好像讀懂了我的想法一樣，我的心怦怦跳個不停。

真希望時間不要前進。

只要再一下就好。

14

那天你得了重感冒而缺席，我一個人去學校。從取餐檯事件之後，我的生活從外看起來還算平和。他們不是不敢欺負我，只是手法變得更巧妙，不再那麼明目張膽。

一早我就覺得天氣有些濕黏，果然，放學之前外頭便開始下起傾盆大雨。我翻了翻書包，卻找不到事先放在裡頭的雨傘。是誰拿走了？答案很明顯，我根本不需要多想。

我才站起身來，手機竟然就響了。

等我，我去接妳。

我背起書包。外頭正下著暴雨，我依然把腳跨了出去，手機仍不時震動著。

不要走，等我。

妳不會直接走了吧？

我快到了，妳等我。

我很快便全身濕透。我快速離開校門，忙著往家的方向走，手機卻依然震個不停。終於要到家的時候，我簡直就像一隻落水狗那麼狼狽。我微微發抖，才開門放下書包，門又瞬間被拉開。

我就叫妳等我了！

你喘得上氣不接下氣，像是一路跑過來一樣。我假裝沒注意到，自顧自地脫下濕透了的體育服。你嘆了口氣，熟練地進到浴室裡去拿出好多條毛巾。

就叫妳等我了，妳就是這麼固執。

我沒叫你來接我。一句話在嘴邊徘徊，最後還是吞了回去。雨水滴滴答答從我的嘴上、鼻子上、手上滴了下來。

喂，妳是要去哪裡？先把身體擦乾啦，快擦一擦。

你拉住我的手，那隻手非常熱。淋了雨的我體溫很低，發燒的你的手十分滾燙。我們接觸的地方會有些熱燙，肯定是因為體溫差。就在我用無謂的辯解說服自己時，你仍不斷抱怨著我不聽話，一邊用毛巾把我的臉擦乾。

我倒還希望你生氣，但你的動作一如既往是那麼輕巧。你的大手小心翼翼擦過我的臉，突然，你的手指擦過了我的嘴唇。
我們的距離近得有些超過。你的眼睛看著我的嘴唇，擦過我嘴唇的手也停留在那裡。你的額頭靠了上來，就在我覺得嘴唇說不定也要靠上來的時候……
……看看妳這是什麼樣子。
你嘟囔了幾句，好像什麼事都沒發生一樣，拿起毛巾隨便擦著我的頭髮。我全身的熱氣都集中到臉上，心跳變得非常劇烈。
怦、怦……怦。
你們兩個在玄關做什麼？怎麼不進來？天啊，熙完，妳怎麼渾身都濕透了？
門開了，阿姨抱著一堆東西走了進來，後頭還跟著相當熟悉的皮鞋聲。是爸爸。他手上提著的袋子跟阿姨一樣，都印有同一間超市的標誌。
沒什麼，只是每次都丟三落四的鄭熙完忘了帶雨傘。
攪圩你怎麼不送去給她？熙完這樣會感冒的，趕快去洗個澡換件衣服，好嗎？

哇，金女士，妳太過分了吧？真正感冒的人是妳兒子，妳都不管，只在乎女兒嗎？只有女兒最重要嗎？哇，兒子真的太傷心了。

你很強壯啊。

沒有理會這對母子你來我往的鬥嘴，我看了後頭的爸爸一眼。爸爸的眼裡、映照在他眼裡的我，都充滿了彷彿立刻就要滿出來的慌張。

我們同時選擇忽視。我們都不想知道，彼此的慌張究竟是為了什麼。

15

雖然出門了，卻無處可去。你漫無目的地在社區裡閒晃。你主張應該要先跟人接觸，才有機會交到朋友。但也許因為現在是平日下午，社區裡根本沒什麼人，只有流浪貓不時會經過。

「跟人接觸之後呢？」

「嗯……先打招呼？帶著笑容打招呼。」

然後你咧嘴大大笑了起來，那笑容看起來很蠢。

「妳試試看。」

「……」

「妳好？」

看起來還是很蠢。我別開了眼，因為那不僅是超出我能力範圍的事，也是看起來不怎麼有效率的方法。雖然我也不清楚我是否有資格評價這種事。

「喂，妳不要這樣毫不掩飾地露出失望的表情好不好？我也剛好在想這樣好像不太對。」

從很久以前開始，你身邊就總是有很多朋友。就算問你如何能跟這麼多人交好的祕訣是什麼，你能回答什麼呢？想必你也不知道答案。

「話說，真的連隻螞蟻都沒有吔。」

恰好又一隻流浪貓經過。身上有黃色條紋的貓看了你一眼，接著喵了一聲，好像在抗議說這街上明明還有牠。

「要不要用牠來練習？」

「……不要。」

再這樣下去，你好像會繼續說出更荒唐的話。我果斷轉身離開，原本正緩慢往貓走去的你注意到我的行動，便一臉遺憾地跟在我身後。我想，你剛才說要拿貓來練習的話可能是認真的。

「呃……那個，不好意思……」

一個陌生的嗓音傳來，讓我停下了腳步。終於有第三個人出現了。這個女人看起來莫名眼熟，她一臉困惑地來回看著你跟我。高個子、短髮、粗框眼鏡，看起來很眼熟。她喊了我的名字。

「鄭熙完……？妳是那個視覺設計系的鄭熙完……對吧？」

「……是沒錯。」

我好像在哪裡見過她，但實在想不起來。她到底是誰？叫什麼名字？在做什麼？我想不起來任何跟她有關的情報，讓我能將她歸類為認識的人。

我該問她是誰嗎？我還在煩惱，你卻突然插嘴，還帶著那愚蠢的笑容。

「哦，妳認識她嗎？妳們是朋友？」

「是同學啦，朋友……應該不算。」

「那就當朋友候補好了。啊，我是熙完的哥哥。」

「是，你好。我叫高英賢，是鄭熙完的……大學同學。」

你拍了拍我的背，對我使了個眼色，接著在我耳邊悄聲說：

「剛才練習過了，照著做，快。」

明明就沒練習過什麼啊。

我看向她，頭要抬得有點高才能看到她的臉。我必須仰起頭，才好不容易能跟她對上眼。低頭看著我的那雙眼睛，實在冷漠得難以言喻。她眼裡滿滿的都是不明所以的猶豫，只有她自己知道猶豫的原因是什麼。最後她似乎終於下定決心，主動伸出了手。

「從現在開始做朋友就好了，我們好好相處吧。」

背後那雙推著我的手加強了力道。由上往下的視線讓我覺得很不自在，那就是一種無言的催促。我無奈地握住那隻手，感覺好怪，非常怪。

「……嗨。」

我照著指示去做，卻聽見頭頂上方傳來一聲嘆息。為什麼？我抬頭一看，你指著你的嘴，用眼睛對我說：

「要笑。」
我嘗試牽動嘴角的肌肉，但並不順利。看她的表情也知道，我失敗了，這果然是超出我能力的事。我們鬆開握著的手，一陣尷尬的靜默蔓延。
接著頭頂上又傳來一聲嘆息。
「那個……要拍張照嗎？」
突然，她打破沉默，怯生生地提議拍照。
我小心翼翼地看了一眼，她手上拿著一台很大的相機。難道她是在拍櫻花的照片嗎？
「哦，好啊，謝謝。要站哪裡比較好？這裡嗎？」
你虛情假意地回應，一把將我拉了過去，站到我跟你重逢的那棵櫻花樹下。就在社區的入口處，有著長長枝椏的櫻花樹下，花瓣如雨般紛飛，你我並肩站在那裡。相機喀嚓一聲，拍下一張照片。
「等之後洗出來再給你們看。那……就下次見嘍。」
「路上小心。」
這是一個從尷尬開始，以尷尬結束的會面。但不知是什麼樣的衝動驅使了我，我突然衝了出去，追上已經離開一段距離的她。

「那個！等一下，我有個問題，有件事想問妳。」

被我攔了下來，她一臉驚慌地回頭。面對那張臉，我提出一個任誰聽來都會覺得我發瘋了的問題。

「妳看得到那個人嗎？」

「什麼？」

「那個人，妳看得到他嗎？」

她並沒有嘲笑或忽視我的問題，而是認真地回答我。

「看得到。」

「……謝謝。」

這個問題並不恰當。不光是她，連超市的員工都能看到你、跟你對話。但即便如此，我依然沒辦法確定這不是夢。有那麼一瞬間，她看著我的眼神很奇怪。接著她握緊了拳頭。

「加油。」

她說。我疑惑地抬起頭，難道她是覺得我瘋了，所以才要我加油嗎？但在我仔細察看她的表情之前，她就轉身離開了。她走得很快，我沒有機會解開心中的疑惑。

「妳有朋友了。」

你走到我身後，沒良心地笑著。陽光跟你都是如此耀眼，我靜靜地跟在你身後。

16

十七歲，是會明白許多事情的年紀，也是仍對許多事情還不明白的年紀。

某天晚上，爸爸說有重要的事要跟我說，並安排了星期天晚上四人一起吃飯的機會。那不是什麼特別的事，偶爾大家都剛好有空的時候，我們會一起吃晚餐。

那天早上，你來接我。

要出去玩嗎？

……幹麼突然說要出去玩？

那天我心情特別好。那是個鬧鐘不會響的假日，我卻一早就醒來了。我覺得自己很有精神，那天真的很怪。我有低血壓，每天早上都要在震天價響的鬧鐘聲之下好不容易才睜開眼，還得花點時間在床上躺個一段時間。

就只是想找妳出去玩。

你說得一副沒什麼大不了的樣子，但這其實才是最大不了的地方。為何你偏偏要選在那天決定跟我出去玩？

又來了，妳又在動平常沒在動的腦袋了吧？

一股柔軟又搔癢著我的暖流自內心流出。當時我不知道那是什麼，但現在我明白了。

那是期待、悸動。想著說不定、說不定今天……之類的期待。

我是不是叫妳改掉那個習慣？不要沒事想東想西的，只要接受事情原本的樣子就好。

我的表情似乎讓你誤會，你推了推我的額頭要我別多想。我回答了什麼？我不記得了，那天我的記憶中只有你，沒有我。我忙著把你深刻留在記憶裡，不知自己究竟被拋去哪裡。

天氣這麼好，待在家裡太無聊了，所以才想找妳出去玩。

但晚上我們有約，爸爸說是重要的約會，你卻一副沒什麼大不了的樣子。

算好時間到叔叔預訂的餐廳不就好了。

所以我開始心懷期待。爸爸說的重要的事，應該就只是下個月彼此要負擔多少餐費而已。爸爸會說他欠阿姨比較多，因此也要負擔更多的花費，阿姨應該會主張說要一人負擔一半。而你忙著在他們兩個之間調解，我會靜靜待在一旁吃著肉。

走吧，太晚人會太多。

握住你伸出的手，我跟著你前往遊樂園。那是完美的一天。我們去參觀動物園、去搭遊樂器材、吃了一頓雖貴卻難吃的飯、拍了紀念照、參觀遊行，最後又坐了摩天輪。

坐進摩天輪的車廂裡，感覺自己逐漸遠離地面的那一刻、攀上高空的那一瞬間，我的期待無盡膨脹。直到你對我開口之前，我的心彷彿飛上了天。

我有話要跟妳說。

升到最高的地方時，摩天輪的車廂哐啷晃動了一下。

他們決定要結婚。

那是天氣尚未開始變熱的初夏時節，而我在那天失去了你。

17

從睡夢中醒來，一睜開眼，發現你還在。曾經理所當然的事情，如今卻變得有些不習慣。

你喝著前天買來的三合一咖啡，看著之前寫的那份遺願清單。

「今天就做這個吧。」

你伸手點了點那張紙。

「看電影跟吃頓像樣的飯。」

然後你真摯地問：

「最近哪部電影好看？」

你總讓我有種漂流到無人島上住了許久，為了回到文明世界而拚命問問題的感覺。我搖搖頭，表示我不知道，因為我沒看過。你咂了咂舌。

「妳是原始人嗎？」

18

我只去看過一次電影，是在你死了之後的某一天。我衝動地離開學校跑去電影院，著了迷似地選了一部談論愛與記憶的電影。一對分手的戀人遺忘了跟彼此有關的記憶。若他們不會再重逢，那或許是一件好事，然而不知是偶然還是命運使然，他們又再度相遇。

即使不記得彼此，愛依然能夠重新開始。

我的心情不斷翻騰。我很想大聲喊叫，卻怎麼也喘不過氣，還不如暈過去要好一點，但我的意識實在太清楚了。明明沒吃什麼，卻覺得胃不停翻絞。電影看到一半我便奪門而出，跑到廁所裡去吐胃酸。眼淚跟口水混雜在一起，滴落進白色的馬桶裡。

若真能抹去記憶，不知該有多好；若能逃跑，不知該有多好。只是你仍在我的記憶裡。

若想遺忘一切，其中也將不再有「我」。所以我只能強忍著不要哭出聲，除此之外我什麼都不能做。

19

愛情片、劇情片、搞笑片、動作片，正在上映的電影類型非常多，真是太好了。你像在挑飲料罐一樣，慎重其事地查看每一部電影的海報，最後選了英雄片。

海報上穿著不同服裝的眾多英雄，都以嚴肅的表情看著前方。我呆看著那張海報，你笑吟吟地買了爆米花跟可樂來。你說你一直很想做一次這種事，我說你明明也不是第一次這樣，你卻嚴肅地回答我說：

「把每件事情都當成第一次，這樣什麼事都會很有趣！」

我一點都不能同意這個理論。

你專注在電影情節裡，幾乎要忘了手裡拿著爆米花。轟隆隆的吵鬧音樂、建築物碎裂倒塌的音效占領了我的耳朵。許多英雄唸出劇本上寫好的台詞，有時真摯、有時幽默。你也跟著一會兒嚴肅、一會兒大笑，情緒跟著劇情起伏。

「啊，真好看。」

走出電影院，你特意帶上一張海報，一副就是很喜歡的樣子。

然後你突然說：

「這是系列片？這樣就看不到下一集了。」

好心痛。

「妳一定要看喔。」

你淘氣地笑著，把海報塞進我懷裡。那張薄薄的紙，狠狠刺進了我心裡。

真希望……電影的續集可以不要出。

明知這是個徒勞的心願，我卻還是如此祈禱。你看不到的續集，那還不如不要存在。

20

我們順利執行到遺願清單上的第三項，不知不覺天已經黑了。又熱又甜的空氣搔癢著我的臉頰，有著一雙大長腿的你在前頭大步走著，一看到現在已經非常少見的公共電話亭，便立刻停下腳步。

「欸，既然都這樣了，要不要連第四項也一起做？」

第四項是什麼？在我同意之前，你便將口袋裡掏出來的銅板投進投幣孔，以熟悉的姿態按下號碼。大人不太會換電話號碼，我爸爸也是。你把話筒遞給我，看我不接，便塞到我耳邊。

等待接通的訊號音響著，我的呼吸也跟著加速。

用戶目前無法接聽……

我把話筒從你手裡搶了過來掛回去，電話那頭傳來的聲音瞬間切斷，剛剛投進去的銅板也退了回來。

「他沒接。」

「欸，妳怎麼這麼快就放棄了？再打一次吧。」

「大家不太會接陌生號碼打來的電話。」

你聳了聳肩，拿回退回的銅板。

「那就回家再打吧。」

但無論打了幾次，電話那頭仍都是不帶一絲情感的固定台詞。

爸爸到最後都沒接電話。

21

「要去旅行嗎？」

睜開眼睛，你吃著早餐一邊查看遺願清單。不知不覺間，你已經理所當然地習慣用這種方式開始新的一天。

你的手指指著清單上的第五項，去旅行。我問你去哪裡、怎麼去、什麼時候去，而你一一回答。去海邊、搭火車、現在去。

「好嗎？」

雖然沒去旅行過，但我知道那需要做很多事前準備，真的可以這樣衝動決定嗎？你自顧自地牽起我的手，左右搖擺起來。

「就當妳答應了。」

我想，那果然不是我的遺願清單，而是你的。我帶著些許的懷疑，在毫無準備之下出了門。唯一值得慶幸的，就是現在還不是夏天。

花了點時間來到一個陌生的車站，才發現雖然天氣還沒轉熱，但那裡早已擠滿了人。

22

我們四處閒逛，來到意想不到的地方，然後又繼續閒逛。如果要簡單整理你跟我的第一次旅行，那應該是這樣的：從一開始就沒有計畫的隨機旅行。你很會四處閒逛，我試著想找個住處，卻幫不上任何忙。我們好不容易找到一個能住的地方，時間已經是深夜了。

「妳不覺得來海邊很棒嗎？」

你連連竊笑，不知是什麼讓你那麼開心。擠滿人潮的車站、沒什麼特色的街頭風景、在同一個地方徘徊、老舊卻昂貴的旅館、黑夜籠罩的大海、又鹹又腥的海風、接連不斷的海潮聲，好像都讓你覺得有趣，逗得你忍不住發笑。

但你也沒說錯，確實很不錯。開闊的景色、海水的顏色，以及不知哪裡傳來的音樂聲。

外頭有人彈著吉他，唱著古老的情歌，還有好幾個人坐在他面前，一邊鼓掌一邊歡呼，或靜靜依偎著彼此。

「要不要去看看？」

你對我伸手，我猶豫了一下才握住你的手，你便拉著我擠到前排。有人起身離開，有人便填補空位，音樂聲卻都不曾停下。

「有情調、有音樂、有氣氛，天氣又好，一切都很完美，唯一的缺點就是少了一樣東西，猜猜是什麼。」

「……酒。」

你咧嘴一笑，彈了下手指，像是在說我答對了。

「賓果，這種時候不能沒有酒。出動！目標是便利商店。」

話是這樣說，但你根本也不喝酒。你這次也買了很多不同的碳酸飲料來，在街頭歌手面前找了個位置坐下，也沒忘記要幫我先把啤酒開好。

歌曲融化在黑暗中，你配合著拍子搖頭晃腦，臉上卻又帶著點愁容。

「雖然還不是新年，但要不要趁這個機會把第六項也做完？」

「……你說去看日出？」

「天氣這麼好，又很溫暖，在這邊通宵不睡也很不錯吧？」

但我們的旅館很貴。

你聳聳肩。

「就看完日出之後回去瞇一下啊。」

「隨便你。」

完成第六項之後，下一項則是談戀愛。那你打算怎麼做？這個疑問在我腦海中盤旋。是不是該在這裡喊停？還是該繼續前進？那我們會怎麼樣？

但我們的時間太少了。剩下的時間，正落魄地等著我們。

23

我們沒能看到日出。正當我在想，雲有點多，似乎會辜負你的期待時，四周便已經亮了起來。你看起來有些失望，卻還是帶著笑容。

「不覺得這真的很好笑嗎？大老遠跑到這裡來，沒去什麼知名的景點，也沒到什麼知名的餐廳去用餐，甚至連日出都沒看到，真的是太了不起了，真的。」

這亂七八糟的旅行，究竟是哪裡讓你這麼開心？我盯著你看了看，隨後站起身來。我得趕快回去旅館，多少得睡一下。

「這應該是那個意思吧？不要只看一般的日出，要看新年的第一道曙光。妳明年一月一日不要亂跑，一定要來這裡看日出。」

我還會有明年嗎？你隨口說出那些未來的事情，卻總讓我心痛不已。

你一進到旅館便睡著了，而我輾轉難眠。終點正在靠近。直到坐上了回程的火車，我才好不容易睡著，卻做了一個惡夢。又冷、又深沉、又黑暗的惡夢。

24

你被車撞了。

是為了救我。

我在醫院遇見像鬼一樣陰森可怕的阿姨，她根本不願意看我一眼。我也不敢去看你。

我回到家，回到再也沒有你的家。

夜深了，我聽見客廳傳來某人啜泣的聲音。那人壓抑著自己的聲音，而我靠到門邊去聽。

我再也……受不了了。我太糟糕了，所以實在忍不住了。那天我看著她……下意識有了那種念頭。

……仁珠。

全都是因爲她，要不是她……老天，你知道當時的我有多讓自己害怕嗎？我原本很有信心的，有信心能把熙完當自己的女兒來疼、來愛護。但我還是不自覺那樣想……原來我根本做不到，是我太傲慢了，一切……都是我太傲慢。

……

這樣我要怎麼繼續當她的媽媽？我怎麼能……我怎麼有辦法？面對她、面對那個可愛的孩子，我怎麼能有這麼可怕的想法？我、我……究竟……

彷彿不會結束的話語，瞬間隱沒在劇烈的哭聲之中，我再也聽不見後面的內容。我知道。

是我搞砸了，一切都是因為我。是我太貪心、是我太愚蠢、是我太自私。

阿姨離開了我們。在一段不短的時間裡，阿姨是你媽媽，同時也是我媽媽。我太晚才知道，直到一切都已經離開了我，去到我再也碰觸不到的地方時，我才終於知道。

幾天後，爸爸穿著黑衣出門。

……我出門了。

他要去參加誰的葬禮？他沒有問我要不要一起去。所以我知道，我無法去參加你的告別式。

你死了。

25

「不要哭。」

溫暖的手掌覆蓋在我的眼睛上，健壯的手臂把我抱在懷裡。

「那都是夢。」

這是騙人的，但是……

說幾個更像樣的謊吧，讓我不要從現實中醒來，讓我能夠相信這是真的。

「要不要去遊樂園？」

但或許現在的我才是身處惡夢之中。我緩慢點點頭，火車停了下來。不知不覺，早晨來臨。

跟六年前一樣的星期日早晨。

26

果然這才是遊樂園最大的樂趣。

褪色的記憶裡，一個從角落冒出來的聲音複述：

「果然這才是遊樂園最大的樂趣。」

買了票入場，你拉著我的手往紀念品店走去，如同過去你曾經做過的那樣。

你自作主張地為我戴上了巨大的兔子耳朵，然後忍不住笑了出來。我看見你的頭上，戴著小巧可愛的老虎耳朵。

「啊，不過妳真的不適合這個，什麼兔子嘛！」

當時你明明說我很適合。

「還是當猛獸吧。」

接著你用貓耳朵取代了兔子耳朵。貓算什麼猛獸？

我問，你笑著回答。

「貓時時刻刻都在威脅人類的心臟啊，所以才說是猛獸。」

我的心跳瘋狂加速。

「走吧。」

你若無其事，以極為自然的態度再度牽起我的手。我看著那理所當然牽在一起的兩隻手。雖然是在同樣的場所、跟同一個人、發生同樣的狀況，我卻覺得有些怪異，因為你不一樣了。

除了無可避免的情況之外，你一路上都緊握著我的手。進行動物餵食體驗的時候、搭乘遊樂設施的時候、把買好的冰淇淋交給我的時候，都沒有鬆開。

「祝你們幸福！」

還有和藹可親的遊樂園工作人員淘氣地笑著說出祝福的時候。你沒有反駁，只是回以一個笑容並低下了頭。

「……你在想什麼？」

「什麼？」

「這就像……」

在約會一樣。話才說到一半，我卻怎麼也說不下去。你伸出空著的那隻手，摸了摸我的頭。

「不要想太多，只會讓自己傷腦筋。」

「……」

「遊行開始前先休息一下吧。」

你指著附近的長椅。我有些猶豫，卻還是無可奈何地點了點頭。

你短暫鬆開我的手，背靠著長椅坐下。手裡的冰淇淋杯明明很冰，我的手卻很溫暖。我挖了一匙來吃，甜甜的冰淇淋在嘴裡融化。

「好吃嗎？」

「嗯。」

「太可惡了，只有妳一個人吃。」

「……那你怎麼不買兩份？」

「哪有這個必要？」

我挖了口冰淇淋的手被你一把拉住，你輕輕把我的手拉了過去。

「這樣就好啦。」

你一口吃下湯匙上的冰淇淋。我沒有堅持住，而是低下了頭。因為你看我的眼神，比融化在你嘴裡的冰淇淋還要甜蜜，讓我實在無法直視。突然，我覺得一陣惱火。

「你到底是在做什麼？」

「就約會啊。」

「……」

「這不算嗎？」

為什麼？為什麼事到如今才要說這種奇怪的話？這讓我好混亂。我的想法、我的記憶，都化作大浪在腦海中翻騰。

「……你不是說我們是兄妹？」

「文件上的家庭關係，只有在活著的時候才算數。但我死了，而妳就要死了。」

你一臉鬼祟地說了句「然後……」卻沒再說下去了。

「不。」

你死後沒多久，阿姨就離開了我們，所以……

「在文件上也不算是兄妹。」

我們曾經是家人，或者說是曾經即將成為家人，但無論如何，現在什麼也不是。你低頭看著我，說了一句六年前的我或許曾經期待過的話。

「那我可以喜歡妳了。」

遠方，宣告遊行開始的音樂震天價響。你伸手捧著我的臉，甜蜜的氣息越來越近，碰觸到我的臉頰。我們的呼吸碰撞在一起，就在快要碰觸到彼此的時候，你停了下來。像在問我可不可以。我眨了下眼，可以。

嘴唇，輕輕地碰在一起。

世上的所有騷動彷彿都離我遠去。

真希望地球就此滅亡。

27

我們之所以非搭摩天輪不可，是因為你堅持遊樂園之旅就該以這樣的方式畫下句點。紀念品店、動物園、遊樂設施、遊行、摩天輪，一切都跟過去一樣，卻又是那麼不同。

即使面對面坐著，你也沒有鬆開我的手。

到了明天就會結束的關係，真的能夠稱之為戀愛嗎？這樣說起來，我們也算是完成了遺願清單上的第七項吧？雖然沒看到日出，但總歸是熬了夜。

「啊，要是還活著，我真的還有很多事情想試試看。」

說著這句話的同時，你也鬆開了緊緊牽著我的手。

「鄭熙完。」

「……幹麼？」

從坐進摩天輪裡的那一刻開始，就一直讓我膽戰心驚的不祥預感逐漸化為現實。我轉頭看著窗外，濃烈的夜色中，五顏六色的光芒點點閃爍。這景色如夢似幻，卻無論如何伸長手也無法掌握。

「這點小事，只是青春期造成的感傷而已。等時間再過得久一點，恐怕就會忘得一乾二淨了。」

這個地方對我來說始終沒有什麼好的回憶。

「因為我們的時間停滯在青春期，所以才會至今都停留在那個狀態，僅此而已。」

因為我總是只給你不好的回憶。

他們決定要結婚了。

……我沒聽說過這件事。

我知道，所以我才提前告訴妳。等等他們提起這件事的時候，妳要假裝不知情，好好恭喜他們。

「那妳現在就忘了那些吧。」

要是你能再多給我一天的時間就好。如果明天這一切就要結束，那我希望能再多一天的時間就好。然而事情早已塵埃落定，我再也無法像過去那樣自私了。

「走吧，差不多該結束了。」

摩天輪晃了一下，隨後便停止運作。你先起身走了出去，我們離開遊樂園的路上，你一直是靜靜地走在前面，再也沒有伸手要牽我。

稀疏的花瓣沿著你走過的路飛散，櫻花的季節就要過去，本不該覺得冷，我卻突然感到一陣毛骨悚然的寒氣。

「這裡很不錯。」

你停下腳步，我看著你站的位置。我知道這是哪裡，我不可能不知道。六年前，你就是在這裡為了救我而遭遇意外。

「得在今天過十二點之前結束，否則就無法改變命運。」

你嘴裡會說出什麼話，我就算不聽也早就知道。你肯定是要我喊你的名字，好換取我自己能安然離世。但我為何非這麼做不可？就算身體四分五裂我也不在乎，無論有怎樣的痛苦在等著我，我都不在乎。

「喊我的名字吧。」

「不要。」

是我害死了你，怎麼還能貪求安然死去？怎麼能夠這麼輕易地消失在這世界上？

「是嗎？」

你笑了，是過去不曾見過的陰森笑容。稍後，你說出的話卻撕碎了我的心。

「但妳還是喊吧，妳不喊的話我會死。」

「……騙人。」

「妳為什麼覺得我騙人？我沒有，我沒有理由要這樣騙妳。」

「騙人，你說的話都是假的。」

「妳想讓我死兩次嗎？」

感覺好像有誰撕碎了我的心。

「……那也是假的。」

「好吧。」

「……騙子、詐欺犯。」

「好。」

「……金攬圩。」

「妳早該這樣做了，還剩下一次。」

「……」

「來，快點。」

「金攬圩。」

就在那一刻，你又笑了。那是我們牽著手走在一起的時候，你始終掛在臉上，溫柔又甜蜜的笑容。笑容在你的眼角、在你的嘴角。

「契約終於成立了。」

「什麼……意思？」

我的心往下一沉，哪裡怪怪的。這樣不對，我喊你的名字三次，我的靈魂就應該要被你牽引，而我會在那一刻死去，你不是這樣說的嗎？

可是卻沒有發生任何變化。

「我……沒有死嗎？」

「我不可能眼睜睜看著妳死啊。」

我的心情瞬間沉重了起來，連呼吸都有些不順暢。這是什麼意思？在我開口詢問之前，你便伸手遮住了我的眼睛。

「鄭熙完，妳該從夢中醒來了。」

時鐘翻了過來，混亂之中世界封閉了起來，我的意識開始旋轉。

下一刻，我站在陌生的病房裡。

看著好端端地躺在那裡的我。

28

「妳現在知道是怎麼回事了嗎？」

「……我怎麼還活著？」

「妳沒死，之後也不會死。」

「啊。」

飛散的記憶一一回到我的腦海中。那天早上，我一早起來把爸爸前一天替我塞滿的冰箱清空。把小菜容器跟裡頭的食物全丟了，說不定連你最後塞給我的維他命都扔了。我清理了空蕩蕩的冰箱，也把垃圾桶洗乾淨。算好公共事業費，並把最後一次的月租轉帳出去。

我去自己打工的便利商店，跟店長鞠躬道歉，說遇到一些狀況，明天開始沒辦法繼續上班。最後我去了學校，到辦公室提交休學申請，然後準備回家。不知不覺太陽已經西沉。

其實我，那天打算結束自己的人生。自從沒有了你，我的人生就像沒有用處的附錄。我的人生是隨時都能放下，不會有任何留戀，卻又不知為何想一直拿在手裡的贈品。就在那天，我突然覺得是該放下了。可笑的是，就在我決心要赴死的那天，我……

在十字路口過馬路時被車撞了。

我的死被推遲。我沒有死，卻失去了意識。我想跟你共度的那些日子，全都是我的夢境。或許連你也是虛幻的。你卻是那麼清晰，依舊是那麼鮮明。

我獨自躺在關了燈的病房裡，透過氧氣罩，能看見我依然活著的證明。我呆看著自己。我在這裡，原來我活著。

「這……也是夢嗎？」

「不是。」

不是夢，那會是什麼？你的存在與那些日子，現在該如何解釋？

「那我要死了嗎？」

「不。」

「為什麼？」

「我不可能眼睜睜看著妳死。我是多麼……」

你只是笑，沒有再說下去。後頭沒說完的話是什麼，現在我知道了。我哭了。你是不是……

「你是不是又要丟下我一個人？」

「我會等妳，妳慢慢來。」

「……為什麼？到底為什麼？」

「妳要長命百歲，我們不是約好了，一百年後再相見嗎？」

我都還來不及制止，淚水便奪眶而出。你沒有等我的情緒緩過來，只是輕輕摸了摸我的頭便消失了。我伸手想挽留，你卻只是再次叮囑，要我活得快樂一些。等待會使人悸動，未來的人生肯定會很有趣。別再哭了，我會在這裡等妳，哪裡也不會去……

我眨了眨淚濕的眼，卻再也看不見你。

然後我終於醒來。

「熙完？」

阿姨在那裡，她就在我眼前，真令人不敢置信。我沒有時間去想為什麼，第一個反應便是放聲大哭。阿姨嚇了一跳，一把牽起我的手。

「妳醒了嗎？妳沒事吧？」

「……阿姨……」

我抱緊了她，在她懷裡痛哭失聲。

「我錯了，對不起。所以、所以……拜託……救救攬圩吧。叫他不要走，拜託救救他吧，拜託……救救他。」

「……沒事的，沒事，熙完，妳沒有做錯任何事。是我對不起妳，是我錯了……」

阿姨溫暖的手環抱著我，我們就這麼抱著彼此痛哭。

29

於是，你再一次離開了我。

後來的故事，鄭熙完

等待與你重逢的所有時間、每一個日夜，都讓我悸動。

我就這樣靜靜等著你。你是否也是如此？是否也……

0

你離開後的第二天。

阿姨一直寸步不離地照顧我。雖然有幾塊骨頭裂了，但我的傷並沒有嚴重到需要她這樣照顧，可是不管我怎麼跟她說不需要這樣都沒有用。我受困病床上動彈不得。是偶然還是命中注定？阿姨說那天剛好要來找我，卻聽到了我出車禍的消息。

我們有很多話要說，卻把時間都花在那些之前沒能說出口的道歉上。一個道歉接著一個道歉，永無止境。最後就在我們因彼此的堅持而投降時……

爸爸來了。

他跪在我身旁，激動地哭了好一陣子。我們的道歉大戰才剛結束，卻還有一個人留在戰場上。

做錯事的人明明是我，我好心痛。

1

你離開後的一星期。

病房裡有訪客，是個熟面孔。她是個高個子，留著一頭短髮，長相看起來有些嚴肅，笑起來卻又變得很溫和。

我驚訝地瞪大了眼睛看著她，她尷尬地搔了搔臉說：

「認得我吧？」

「高英賢……？對吧？」

她咧嘴笑著不停點頭。我又再度陷入混亂。明明過去一個星期，我都處在昏迷狀態躺在加護病房裡。

到底哪些是夢？哪些又是真的？

她拿了張照片給我，我驚訝地摀住了嘴。因為要是不把嘴摀住，我恐怕會當場尖叫出聲。

照片裡，我皺著眉站在櫻花樹下，一旁則是笑開懷的你。我沒想到能在現實中再度看見已經長大成人的你，如今就在那四方形的相框裡。

「我覺得好像一定要拿給妳看。」

「這……是怎麼回事……？」

「我有很多話要跟妳說，出院後來學校一趟吧，我一一講給妳聽。這故事實在太長了，沒辦法現在一口氣說完。」

當時我沒能看懂她的表情，現在終於能看明白了。那是理解與同理的表情。我的心跳得更用力了。

「……謝謝。」

「妳還記得我們說好要當朋友吧？」

她笑著伸出手。我遲疑了一下，握住了她的手。好溫暖。我想起你叫我寫下的遺願清單第一項。

交朋友。

這樣開始就可以了嗎？

她離開了，為了讓我們能單獨談話而跑去院務科的阿姨也回來了。

「哎呀，這張照片真美。是剛才那個朋友給妳的嗎？櫻花真美。我們明年要不要也一起去看櫻花？等妳出院之後，到時……熙完？」

啊……

我很想讓阿姨看看攬圩長大之後的樣子。不知怎的，我好像就要哭出來了。我趕緊低下頭，遮住自己的眼睛。我用手掌攔截沒能藏好的眼淚，一隻溫柔的手輕撫著我的背。阿姨說：

「沒事的，熙完，現在都沒事了……」

我可以盡情地哭，她說。

2

你離開後第三十五天。

出院之後，我退租了外頭的房子，搬回了家裡。

回到那個依舊留有你我痕跡的老舊公寓。

過去我害怕在這裡找到你的痕跡，因為覺得一切都令人恐懼，現在卻不這麼想了。我享受著將你曾經碰觸過的東西一一找出來。

爸爸跟阿姨希望我明天空下來，他們有話要跟我說。我覺得很緊張，因為我似乎知道他們要說什麼。這次我一定要恭喜他們。

現在我只希望自己所愛的人都能幸福。

3

你離開後第三十六天。

他們兩人帶我來到一個地方，但並不是什麼有格調的餐廳。

而是納骨塔。你在那裡。你的名字、你的照片，還有裝著你的小罐子。

啊。

這麼說來，我從沒想過要來找你。你說你會等我，說你哪裡都不會去，所以我總覺得你會一直待在我身邊。可是寫在你名字旁邊的死亡日期卻讓我感到怪異。

那是我醒來的隔天。

我慌張地看著阿姨，她說其實意外之後你並沒有死，而是變成植物人，在醫院裡躺了六年……以這樣的狀態活下來。她怕罪惡感會讓我迷失人生的方向，因而不敢告訴我。還說你就在我醒來的隔天停止了呼吸……他們害怕我也會跟著你一起走，所以才沒有告訴我，低調舉辦了葬禮。

我突然領悟到，你所說的契約究竟是什麼。我痛哭失聲，像在傾瀉我所有的情緒。

你把你的命給了我。我、我什麼都沒為你做，你怎麼能……

阿姨抱著我、安慰我。爸爸抱住我們兩個。我們三人，送走了一個人之後，終於成為一家人的我們，就這麼抱頭痛哭了好一陣子。

4

你離開的第五十七天。

爸爸跟阿姨辦了結婚典禮。比起兩位當事人，反而是我更緊張。婚禮結束的時候，我覺得自己精疲力盡。英賢一直跟在我身旁，時時刻刻照顧我。

我們正在慢慢變成朋友。聽我這麼一說，她便一邊拍著我的背，一邊笑得上氣不接下氣。

「就妳的標準來看，要過多久才有辦法稱為朋友啊？」

我不知道，看來我們已經是朋友了。我把你唸的那一串遺願清單第一項劃掉。雖然緩慢，但線正一條一條增加。

5

你離開後第兩百五十四天。

我劃掉了遺願清單上的第六項。這次燦爛的太陽在沒有任何雲霧遮蔽的天空中升起，將海面染成金黃色。我許了願。希望我跟你愛的所有人都能幸福。

6

你離開後第三百五十八天。

又到了櫻花紛飛的季節，阿姨生了孩子。懷孕期間她總在抱怨自己老了，每次看到我都說好羨慕我依然年輕。

現在她將小小的嬰兒抱在懷裡，眼角蓄積滿滿的感動。我再也忍不住開口喊了她一聲。

「媽。」

「……」

「恭喜妳。」

「……熙完……」

我伸手，抱住阿姨，不，抱住媽媽跟她懷裡的嬰兒。她哭了，嘴裡不時喊著我的名字、說我是她的女兒。她哭得像個孩子，好不容易能把深埋在心中的情緒發洩出來。我沒有哭，我只覺得抱歉，只覺得感謝。

感謝你留給我的一切。

媽媽、妹妹、家人、我的時間、我的生命……感謝所有的一切。

7

你離開後第三百七十五天。

我們去報了戶口。

爸爸跟我堅持要用各自取的名字，我們展開一番激烈的爭辯。一如既往，媽媽是站在我這邊的。家裡的新成員叫鄭熙攬。似乎是知道我抱著怎樣的心情取了這個名字，爸爸一言不發地笑著。

看，這是你跟我，是我們的妹妹。

真想讓你看看。

你呢？你怎麼樣？我們都很好，都在相互扶持、珍惜，活過每一天。那你呢？

你……

是否依然在等我？在花瓣紛飛的櫻花樹下？

剩下的日子、流逝的時光，絲毫不讓我感到急躁。有人說，等待就是一種悸動。等待與你重逢的所有時間、每一個日夜，都讓我悸動。我就這樣靜靜等著你。

你是否也是如此？是否也……

在等著我呢？

後來的故事，金仁珠

神給了她一個孩子，卻帶走了另一個孩子。

就像是在告訴她，這世上沒有不需要代價的奇蹟。

0

兩條線。

當我第一次看到平整的塑膠板上出現兩條鮮明的紅線時，我首先感覺到的是恐懼還是絕望？抑或兩者皆有？

不管怎樣……

二十三歲的金仁珠終於領悟了。

一輩子都自認聰明的金仁珠，其實不過只是個自作聰明的傻瓜。

1

我愛過，對此我不後悔。至少我想這麼相信。

那個下午，坐在我對面的女人是個優雅的美女。她端正的姿勢十分優雅，上揚的眼尾、眼睛下面的淚痣、長長翹起的眼睫毛都優雅極了。甚至連她眼角的輕蔑，看起來都無比優雅。

我在想，連續劇裡那些像小甜甜的女主角，在跟有錢男友的有錢未婚妻或前女友見面時，所感覺到的是否就是這樣的心情？不，應該不是。首先，金仁珠不是女主角，她的對象雖然也是有錢人，但並不是男主角。最重要的是，他們之間並不是小甜甜跟本部長這種身分有著天壤之別的遺憾愛情。

他們之間的愛，是不倫戀。

若真要比喻此刻的這份心情，我想應該更接近在法庭更審中，等待最後宣判的被告人。焦躁、不安，又有點……委屈。

「似乎不必再多說什麼了。」

突然，女人嘆了口氣。

思緒飄到其他地方的仁珠抖了一下，坐直了身子。她該回答些什麼，卻有些詞窮。因為她從沒想過，自己這輩子竟有機會面臨這種情況。

「我長話短說吧。妳得離開公司，還得把那個孩子拿掉。」

不管怎麼說，在法庭上也得要有辯論的機會吧？女人卻直接切入正題。她並不是想長篇大論講述自己的故事，只是……

「我婆家的長輩希望這樣。」

「……那我的意見呢？」

我想說出來。這是我的人生，我有想法和意志，也有選擇的權利。

「事到如今，應該不會有人要聽妳的意見吧？」

女人的口氣並非挖苦，而是跟表情一樣死氣沉沉。

「對，我知道，肯定沒有，我都知道。但真要說起來，我根本不知道劉課長已婚，知道之後也相信他已經打算離婚。只是現在這一切都是錯的……我實在太不要臉了，真是抱歉。」

啊啊，搞砸了。我並不是想這樣為自己辯解。仁珠緊閉上眼，無力地垂下了頭。女人的表情依舊平靜，像是要仁珠有膽就放馬過來。

這實在是個老套至極的故事。隸屬其他部門，長相帥氣的課長，以自己的長相、財富與獨特的溫柔為武器，不懷好意地接近出社會還沒多久、不經世事且容易信任他人的天真女員工。不巧的是，這位課長是公司老闆的獨生子，只是隱瞞了身分在公司裡上班，同時也沒有人知道他其實已經結了婚。

其實有人知道他的身分，只是那些人全是高層主管，沒有人會去注意一個坐櫃檯的女員工。外遇？那又怎麼樣？男人偶爾花心是正常的，玩一玩別太過分就好。

當女員工知道課長的真實身分時，事情早已無法挽回。她像是被什麼所蒙蔽了雙眼，深深為課長著迷。若非如此，想必不會傻傻地相信課長那番正跟太太分居、很快就會離婚、心裡愛的只有妳、一定會跟妳結婚等不像話的謊言。

就在女員工明白課長的溫柔其實只是優柔寡斷，他嘴巴上說的那些浪漫未來，都只是為了逃避現實的空話時……

驗孕棒卻告訴她，她懷孕了。

「金仁珠小姐。」

「……是……」

「妳不需要辯解，我也不是要來跟妳爭辯什麼。這只是我身為那個人的妻子所需要做的事。」

這麼說來，劉科長曾經說過，這段婚姻是受家人所逼，妻子不過只是個裝飾品，他對妻子一點感情也沒有。看來他雖然說了很多的謊，但至少這件事是真的。

仁珠呆看著那名女子。

那雙眼裡沒有愛，只有輕蔑。

女人從手提包裡拿出厚實的信封放在桌上，仁珠的視線也自然落在上頭。那是裝了錢的信封，她的領悟如青天霹靂。

「這是手術費，我多給了一些，希望能幫到妳。」

光看那信封的厚度，仁珠就知道這當然能幫上忙。這麼多的錢，遠遠超過動手術所需的費用。也是，對方說過他們家財力雄厚。

但仁珠實在無法輕易伸手。不用想也知道，哪一條路會是比較輕鬆的選擇。收下那筆錢、把孩子拿掉、休息一段時間再找新的工作，談一段新的戀情。當然，要避開有婦之夫與假裝自己沒結婚的男人。

只是……

仁珠輕輕把手放在自己的肚子上。懷孕才四週多一點，她很清楚肚子裡的不過還只是微小的細胞。她只是覺得慌張、覺得害怕，並不是對腹中的生命有什麼深刻的愛意。即便如此，她還是有些悲傷。

沒有人歡迎這個還未長出實際形體的孩子。他生物學上的父親在知道他的存在之後，便立刻發了一頓脾氣再刻意搞失蹤。他的家庭則派出夫人作為代表，要求仁珠將孩子拿掉。有可能成為孩子阿姨的仁珠姊姊氣得跳腳，說這孩子對仁珠的人生一點幫助也沒有。

要是拿著那個信封回家，姊姊肯定會慶幸對方還算有良心，並要她立刻去醫院把孩子拿掉。仁珠理性上知道，這麼做才是對的，但為何她總是被感性所影響？

「那差不多就這樣了吧。」

「那個，真的很抱歉……請等一下，我不能收下這個。」

「妳這話真讓人困擾啊，金仁珠小姐。」

「這是我的人生、是我的孩子，決定權應該在我手上吧？我會照您說的辭掉工作。我知道反正就算我不主動辭職，也會被公司開除，但我覺得我不該拿這筆錢。」

「所以呢？妳要生下來嗎？」

「我還沒想好，我還無法做決定。我需要時間思考，之後再做選擇。這是我現在的想法。」

接下來她又衝動地補了一句，她不假思索地把自己的感受說出口。

「我想把孩子生下來。」

說完，仁珠便起身離開，離開前還不忘對女子鞠了個躬。女子看著她離去的背影，眼神複雜得難以三言兩語說清。直到她拉開咖啡廳的門離開時，女子都沒有一句挽留，像是在問仁珠：「即便如此，妳又能怎樣？」

離開咖啡廳才走了兩步，仁珠立刻後悔了。

應該直接收下那筆錢的。

2

那天，金仁珠夢到天使。夢中，她牽著一個臉頰胖嘟嘟的小天使飛上天。夢境的最後，是一隻不知從哪來的狗對他們吠叫。她姊姊說這是個糟糕的夢，要她忘掉，她卻始終非常在意，這也讓她最後沒有去醫院。
隔年二月，在冬季的尾聲，攬圩出生了。

3

跟女子的重逢，是攬圩六歲那年的事。女子依舊優雅美麗，彷彿未曾受到歲月的洗禮。微微憂鬱的面容、眼角的輕蔑、抿成一字的紅唇都一如既往。

「我要妳把那個孩子給我。」

她開口依然是這麼不客氣。現在想想，七年前為何會如此害怕她？害怕到沒去計較為何她說話如此不客氣。

「什麼？」

仁珠驚訝地瞪大了眼睛，並下意識看向在遊戲間裡的攬圩。她的視線重新回到女子身上，只見女子微微點了個頭，肯定了她的疑問。

「長輩們想要孩子，但我不孕。」

「……不是，妳之前還要我拿掉，現在又要我把孩子讓出去？這是……孩子是什麼物品嗎？妳怎麼能說這種話？」

女人平靜地說明自己的狀況。無論怎麼努力，她都無法懷孕，因此夫家希望她能把攬圩帶回去。這實在讓仁珠啞口無言。人怎麼能夠這麼不知羞恥？這個要求已經很糟糕了，甚至還找了一個錯誤的人來傳話。怎麼能夠派這樣一個人來，提出這樣的要求呢？這樣還算是人嗎？

「做人不能這樣，這實在是太過分了。我這話不是對夫人妳說的，是對長輩說的。呼，真的是……」

女子的反應一如當時，仍舊十分平靜。她用平靜到讓人感到疑惑的表情，再度掏出一個信封。接下來要發生的事，不用看也知道是什麼。這次她也毫不猶豫地將信封放在桌上。

怎麼能這麼老派？仁珠嘆了口氣。

「這是這段時間的養育費。」

接著她又再拿出一個信封，兩個信封厚度不分上下。

「這是慰勞妳的費用，我放了很多。」

「我想也是。帶了錢要來買孩子，當然是要多放一些。妳知道要放多少才夠嗎？」

「不知道，這個問題有答案嗎？」

「……」

「有的話就告訴我，多少都行。」

女人掏出皮夾，接著便掏出一張空白支票放在桌上。

仁珠的指尖微微顫抖，她回想起當年站在咖啡廳門口後悔的過去。那天放棄的信封，隨著時間的流逝越來越清晰，更會不時出現在她眼前。在這個國家，未婚媽媽一個人帶小孩，絕對不是件容易的事。若她放下無謂的自尊收下那個信封，或許就能多買套衣服給攬圩穿。

而且如果沒有攬圩，她就能拿那筆錢去做任何事。任何事。

「妳能給多少？」

「妳想要多少？」

這是想要多少就能給多少的態度，隨便仁珠喊多少都無妨。

煩惱到最後，仁珠朝信封伸手。

「我再想想吧。明天我再跟妳聯絡，這就當成訂金。明天……要帶走孩子的時候，再把那個給我。」

帶著兩個信封，牽著攬圩的手回家時，仁珠的腳步非常沉重。總覺得有什麼事情錯得離譜，只是金錢的重量讓她忘記了很多事。

那天，金仁珠跑了，帶著兩個信封跟攬圩一起。

她來到一棟位在偏遠社區裡的老舊國宅公寓。

這對母子在那個地方遇見了一個小女孩。

4

那孩子像個洋娃娃，每天都坐在遊樂場的長椅上。她比自己手上抱著的娃娃還要更像娃娃。她有著白皙的臉頰、烏黑光亮的頭髮，總是乖巧地坐著。仁珠以為那個年紀的孩子一刻也不得閒，非得要到處跑啊、跳啊才肯罷休，看來並非如此。

孩子始終維持端正的坐姿，總能持續好幾個小時。只有眼睛偶爾會看向天空、看向地面，看向周圍的事物與人。

老實說，仁珠一看到那孩子就喜歡上她了。老天，世上怎麼有這麼可愛的孩子？其他的大人都因為那孩子沒有什麼表情，跟一般的孩子很不一樣而排斥、迴避，仁珠反倒不能理解這樣的反應。怪了，為什麼？她很漂亮啊！

其實一直以來，仁珠就很容易被可愛漂亮的東西所吸引。她是那種經過文具店時發現可愛的娃娃，就會不自覺地掏出錢來買的類型。這樣的特質，在面對人時也發揮得淋漓盡致。

劉課長就是這樣。要不是那副人人稱羨的天生美貌，仁珠也不會這麼輕易被他所騙。應該啦。

仁珠毫不猶豫，筆直地走到那孩子面前，主動跟那孩子打招呼。

哎呀，妳就是六〇二號的公主吧？

就這樣牽起了他們的緣分。

5

其實，仁珠並不擅長料理。雖然她努力了很久，但世事就是如此，有些事情無論如何努力都沒有結果。對仁珠來說，料理就是這樣一件事。

就像現在做出來的咖哩飯，她各盛了一碗給兩個孩子，然後才盛了自己的。拿起湯匙吃了一口，她感到絕望。

這到底是什麼味道？明明電視上就說只要加了李子就會更鮮甜，咖哩的風味會更有層次啊。

「……等等，難道那不是李子嗎？」

她注視著稀稀軟軟的咖哩，然後轉頭看向孩子們。攬圩的表情非常怪異，他甚至沒有咀嚼，直接把食物吞下肚。攬圩用自以為小聲的音量對一旁的熙完說：

「喂，我就說了吧，我媽媽超不會做菜。」

他是什麼時候跟人家說了這種話……

仁珠無奈地嘆了口氣。她應該照往常的方法去做才對，咖哩是她所做的料理之中少數還算能吃的。沒事給自己找事，只會釀成大禍。當然，剛好出現在冰箱角落的李子也有責任。

就在她站起身，心想是不是乾脆把咖哩丟了，直接叫炸醬麵外送比較好的時候，仔細咀嚼完把飯吞進肚裡的熙完小小聲地說：

「很好吃。」

接著她又誠意滿滿地舀了一匙塞進嘴裡，專心咀嚼起來。不管怎麼看，這食物都不像好吃的樣子，但那天熙完卻把仁珠盛給她的飯吃個精光。攬圩笑了笑，像是要跟誰競爭一樣，也開始動起了湯匙。

仁珠覺得有些感動。這麼溫柔的孩子，竟有人因為她面無表情不像個孩子而討厭她，這樣的大人真壞。

她下定決心，要好好對這個孩子。要成為一個好鄰居。自古以來朋友關係看重的就不是年紀，她要跟這孩子成為好朋友。希望她們能趕快熟悉起來。她覺得心暖暖的。逃到這裡來之後，始終盤踞在內心角落的不安，如今瞬間被洗淨。她莫名燃起希望，總覺得一切都會好轉。

才剛搬來就遇到好緣分，這裡的生活想必會很愉快。她是這麼想的。

6

相反的，她對鄭日範這三個字卻沒有什麼想法。為了邀請熙完到家裡作客，她先撥打電話給熙完的監護人，這就是監護人的名字。

他是熙完的爸爸，是住在隔壁的男人。那又怎樣？

對方雖是個正派有禮的人，長相卻也十分平凡。要不是他們剛好是鄰居、要不是熙完，仁珠或許根本不會注意到這個人。

他會從一個平面的名字成為立體的人，真的只是偶然。

7

仁珠在便利商店上大夜班。確實，這世上沒有一份工作是輕鬆的，但這份工作除了日夜顛倒之外，的確也說不上辛苦。因為那是公寓社區附近的便利商店，晚上幾乎沒有什麼客人。偶爾會有醉客去撒野，但頂多也就只是這樣。一開始這讓仁珠很不開心、很生氣，久了也就習慣了。據在其他地方還有一間便利商店的店長大姐說，這間分店的客人大抵還算安分，因為大多都是白天還會打照面的鄰居。

不過仁珠偶爾還是會想，如果這就叫做安分，那其他地方的客人到底都是怎樣的人？

只是，還能上哪去找這樣的工作？白天可以陪孩子，晚上要是發生任何事，就能立刻回家查看狀況。一想到這點，仁珠就覺得自己對這份工作的質疑很是奢侈。

「歡迎光臨。」

告知客人進門的鈴聲響起。一個走路搖搖晃晃的人進到店裡，是光想就令人害怕的醉漢嗎？仁珠輕嘆了口氣看向客人。然後她稍微，真的稍微嚇到了。

「尼豪。」

這個不知有多醉，甚至無法控制自己的舌頭，連話都說不清楚的男人，正是隔壁的鄰居，是熙完的爸爸。

總是整齊的衣著，今天看起來格外邋遢。他的領帶鬆開一半，還解了兩顆襯衫的釦子。眼鏡滑落到鼻梁上，公事包、公事包……

「你的公事包在吐！」

仁珠驚訝地大喊。這讓男人呆滯地看了她一眼，又看了公事包一眼。公事包裡的東西，隨著男人跨出的步伐掉落地面。仁珠衝出櫃檯，將從男人公事包裡掉出來的東西撿起來。

那是糖果。

仔細一看，男人開口大張的公事包裡塞滿了糖果。這個看似要裝滿文件、文具等辦公用品的皮包，此刻卻塞滿了糖果，絲毫不見任何辦公用品的蹤跡。

「那個，這些……是什麼啊？」

這個人，難道是在糖果公司上班嗎？在這種情況下產生這樣的疑問，似乎一點也不奇怪。

然而……

仁珠似乎知道那些糖果是什麼。大家都知道的，去KTV、酒館或餐廳時，都會在櫃檯上看到一盤招待用的綜合糖果。

總之，那畢竟是從客人皮包裡掉出來的東西，她便盡心盡力地撿起來塞回去。蹲在地上一路跟著糖果來到店門口，仁珠覺得心情有點怪。總覺得自己好像成了糖果屋裡的葛麗特。

「窩們小完……鄉給踏，不是，想給她，所……」

男人斷斷續續，吃力地解釋著，仁珠大概知道他想說什麼。對方很努力，但舌頭實在太不靈光，整句話聽起來雜亂無章。仁珠想起平常碰面時，對方說話總是字正腔圓的模樣。原來這個人喝醉了會變成這樣啊，真是太可惜了。

男人搖了搖頭，伸手抹了抹臉，似乎是努力想讓自己清醒一些。他好不容易站穩了身子，試著掏出皮夾，拿出一張鈔票放在櫃檯上，隨後走到冰箱去拿了瓶解酒液，仰頭一飲而盡。呼，男人重重吐了口氣。

抱著懷裡滿滿的糖果，仁珠呆看著男人。總覺得自己好像要笑出來了。仁珠趕緊撇過頭，只是卻怎麼也壓抑不住嘴角的抖動。

大約過了五分鐘吧，一直反覆深呼吸的男人終於踩著稍微正常的步伐來到她面前。

「真抱歉。」

「哦……不，沒關係。」

「好久沒喝這麼多了，真的很抱歉……」

男人甩甩頭，突然意識到自己疏忽了什麼，露出驚訝的神情。他平常就跟熙完一樣，是個沒有什麼表情變化的人，醉了之後表情竟是這麼豐富。

「……不好意思，請問您的大名是……真抱歉，我一直疏忽了，所以都不知道您的名字，真是太糟糕了。」

「啊。」

啊，這麼說來……

仁珠想起自己過去都是如何跟這個男人介紹自己的。

我是攬圩的媽媽。

我是攬圩媽媽。

那個，我是攬圩媽媽。

那對方怎麼樣呢？第一次通話的時候，對方就說得很清楚。

我叫鄭日範。

「我叫鄭日範。」

男人伸手，他的手大而厚實。仁珠突然意識到，自己的確是「攬圩媽媽」，但在那之前她是她自己。

「我叫金仁珠。」

她是金仁珠。

日子過得很忙碌，艱辛地討生活，讓她忘了這件事。是眼前的男人提醒了她。仁珠呆看著男人煥然一新的臉龐，錯過了握手的時機。這雖是個失禮的舉動，男人卻沒有一絲不快，而是好像打從一開始就沒伸手一樣，小心翼翼收回自己的手。

老天，看看我，這到底是在做什麼？遲來地意識到自己變相拒絕跟對方握手，仁珠難掩慌張神色。日範從公事包裡拿出一大把糖果，放在仁珠抱著的糖果堆上。

「這些給攬圩吧，他會開心的。那年紀的孩子都喜歡糖果……糟糕，我的酒好像還沒醒。我得吹吹風再回去。謝謝您把熙完照顧得很好。我女兒這麼聽您的話，真不知該有多慶幸，讓我最近可以放心去上班。所以……」

男人長篇大論卻有些語無倫次，連他自己都有點說不下去，於是他再度用力甩了甩頭。

「謝謝，那我先離開了。」

接著他緩慢地闔上公事包，拿起暫時放在一旁的空飲料瓶往外走去。開門的時候又有些踉蹌，但他最後還是成功離開店內。

「啊。」

忘了向他道謝。仁珠有些茫然，視線在懷裡的糖果堆與男人剛離開的門之間來回。她感覺臉頰好燙。

老天，看看我，這難道是心動嗎？

仁珠伸手捧著自己的臉頰，懷裡的糖果嘩啦啦掉在地上。熱度沒有輕易消退。她得工作，得趕快去工作。她走進櫃檯，手不停對著臉搧風，希望能讓心情平復，卻突然意識到一件事被她忘得一乾二淨。

「零錢……」

忘了找給他。

8

結論是，零錢隔天早上平安找回給那名男子。畢竟他們就住在隔壁。

男人像平常一樣穿戴整齊，好像前一晚根本不曾醉得東倒西歪。硬挺的襯衫領子、沒有一絲破綻的領帶、架得剛剛好的眼鏡，以及向後梳得整齊俐落的頭髮。男人牽在手裡的熙完同樣乾淨整齊。身上穿著平整熨燙的連身洋裝，頭上綁著兩根馬尾，連手裡抱著的人偶都沒有一點髒汙，乾淨得發亮。

一個人要工作又要帶孩子有多辛苦，仁珠非常清楚，因為她一路也是這麼過來的。

所以她也不難猜出這對父女要維持這麼完美的外表，男人究竟有多麼辛苦。他肯定付出了很大的努力，這是她對男人的第三印象。

「昨晚真的很抱歉，好久沒有聚餐了，所以……讓您看到我的醜態，真是抱歉。」

他鄭重鞠躬。前一晚沒能釋放的笑聲，這才終於得到了解脫。仁珠放聲大笑，用相當俏皮的口吻說：

「你怎麼這麼愛道歉啊？一直在說對不起吔。」

「……因為我做了很多失禮的事情，實在是沒臉見您。」

「你還不如跟我道謝咧。以後要是再做什麼失禮的事就道謝吧，講好嘍。」

為了握到昨天沒握到的手，仁珠主動伸出了手。

「要不要跟我當朋友？」

「……對……謝謝。」

男人回握住那隻手。似乎是想模仿大人，攬圩也對熙完伸出了手。熙完歪了歪頭，接著握住那隻手。四人就這樣，站在公寓走廊上用力握著彼此的手。那是個愉快的早晨。

9

但他們也並不是立刻就發展成戀人關係。剛開始花了一點時間。因為過往戀情的殘骸長時間殘留，沉澱在各自的靈魂深處，也因為他們都帶著孩子。

他們擔心自己草率的情感會傷害到孩子，因此藏了、壓抑了很久。不時掉出的情感碎片，他跟她都注意到了，日範卻仍然以熙完為優先，而仁珠有多喜歡日範，就有多喜歡熙完。不，甚至能說她對熙完的喜歡超越了日範。

熙完是個沉默寡言又面無表情的孩子，但她的心其實很溫柔。

仁珠後來才知道，熙完是個挑嘴的孩子。但只要是仁珠親手做的食物，她都會吃得一乾二淨。忙碌的爸爸好不容易撥出時間買了金髮芭比娃娃給她，她卻沒有表現得很開心，只是一直把娃娃抱在懷裡，如影隨形地帶著。即使她已經長大了，那個娃娃仍放在她房間書桌的角落。

不仔細觀察便不會察覺的細節，讓仁珠覺得可愛極了。

「妳就這麼喜歡女兒嗎？」

某天晚上，攬玗不經意地隨口問了一句。一早就有些感冒症狀的熙完，吃了藥之後沉沉睡去，而他們母子在客廳裡看著綜藝節目。電視的音量已經轉到最小，若不注意聽根本聽不見電視上的人究竟在說什麼。在細微笑聲、說話聲的陪伴之下，攬玗從容地拿著遙控器靠在沙發上。

「對啊，媽媽真的很想要有一個跟我很像的可愛女兒。」

「那就再婚啊，生一個可愛的妹妹給我就好。」

攬玗笑著說，神情跟口氣都相當自然。瞬間，仁珠感覺自己的心向下一沉。她轉頭看著兒子。

「還是乾脆把她當成妹妹？」

不知何時長得這麼大的兒子，竊笑著用下巴朝熙完所在的房間比了比。仁珠握緊了顫抖的雙手。

「……你這孩子，真是口無遮攔。」

如果我這麼提議，你會怎麼反應？

日範或許不知道，但仁珠早已察覺。她怎麼會不知道？攬圩是她的兒子，是她用心呵護長大的孩子。當熙完因為感冒症狀而沉沉入睡時，那孩子替熙完蓋被的輕柔動作、眼裡所蘊含的情感，她不可能不知道。

「哎呀，媽，兒子已經大了，您現在只需要回歸塵世，盡快找回您的人生。」

「你這孩子，真是的，在胡說八道什麼啊？」

態度雖然搞笑，但兒子的眼神卻是不容質疑的認真。那口氣像是在告訴仁珠，如果她的猶豫是因為自己，那大可不必這樣。像是明白仁珠究竟為何猶豫一樣，攬圩笑了笑，伸了個懶腰便起身走開了。

「哎呀，該去睡了。兒子這就退下，真期待與繼父的會面。」

攬圩裝模作樣地說完這段話便離開了客廳。仁珠靠坐在沙發上，無法立刻跟著攬圩一起進房。她應該要陪在熙完身邊才對，生病時要是沒人陪伴，孤單會比身體的疼痛更讓人難受。她可不希望讓熙完有這種感受。

只是她的腦袋很混亂，該怎麼做才是對的？

10

結果，經過漫長的煩惱後，兩人決定公開。他們花了很多時間掩飾心裡的感情，但決定公開之後，事情反倒一日千里。從公開到決定結婚，花的時間並不多。

那天他們決定要向孩子坦承，他們決定結婚，希望孩子們能理解。攪圩卻發生了意外。

11

時隔十一年，仁珠再次見到那個女人。

她們約在醫院一樓的咖啡廳。或許因為這裡是大學附設醫院，雖然吵雜，氣氛卻仍有些沉悶。每三、四個人當中，就有一個人愁眉苦臉，就像仁珠。

仁珠的臉色非常差。攬圩被宣告為植物人之後，她始終沒有闔眼休息。即便因為過度疲勞而昏過去，也會在下一刻立即醒來。這些日子以來，她一直守在攬圩身邊，連家都沒有回。日範代替她回家幾趟，拿了些換洗衣物和生活必需品，她卻始終沒有餘力注意那些。她滿腦子只有這種想法：

為什麼這種事會發生在我身上？

我做錯什麼了？

是那孩子的錯。她心裡的惡魔低語。

不。她用盡所有力氣反抗那個聲音，但時間越久，她的意識就越被惡魔所掌控。都是因為那個孩子，要不是因為她，我兒子也不會遇到這種事。啊，這是多可怕的想法。

「我本想先問問妳好不好。」

「……」

「但似乎沒必要問了。」

「……妳來做什麼？」

過去十一年過得太幸福，仁珠都忘了這個女人的存在。確實有過這樣一個人，她的腦袋自己有了反應。女人依舊優雅、依舊美麗。

「這是這段時間的養育費。」

女人拿出一個信封放在桌上。仁珠茫然地伸手，看了看信封裡的東西。厚度跟過去的信封差不多，金額卻多上很多。啊，對，當時還沒有五萬元紙鈔。仔細一看，才發現裡頭塞滿了黃色的鈔票。

「這是訂金，剩下的再匯款給妳。考慮到通貨膨脹，金額也調高了，應該不會不夠。」

匯款……她怎麼知道我的帳號？仁珠這才驚醒過來。

「匯款到帳號？」

「到妳的帳號。」

「妳怎麼會……」

「妳不會以為我不知道吧？」

「……那為什麼……」

一直沒有來找我？問題差點就要脫口而出，卻因為看見一個應該是小學年紀的男孩跑向女子，而決定收回到嘴邊的問句。

「媽媽！」

「你應該先打招呼。」

「您好，我是劉率河。」

孩子乖巧地向仁珠問好。事情的發展，讓仁珠霎時間目瞪口呆。她糊里糊塗地回答男孩的問候。

「嗯……你好。」

「你可以去找尹祕書叔叔嗎？媽媽需要一點時間。」

「好，妳快點來喔。」

男孩親了親女子的臉頰，便往站在遠方那名西裝筆挺的男人跑去。雖只是短暫的會面，卻能感覺到男孩在充滿愛的環境下長大。女人對待孩子的態度，也能看出滿滿的母愛。

「那孩子是……？」

「代理孕母生的。」

「……我以為他是妳親生的。」
「孩子沒有錯，我不需要因此對他冷漠。」
「那也是長輩們的要求嗎？」
「對。」
「那這也是……？」
仁珠指著信封，女人緩緩搖頭，她的嘴角帶著淺淺的微笑。
「妳不是很愛錢嗎？」
女人的表情沒有一絲嘲諷，態度也十分平靜，但這並不表示這句話不讓人感到羞愧，仁珠難為情地低下了頭。
「那時真的很抱歉。」
「抱歉什麼？」
「……我不應該隨便拿別人的錢，看來現在是要還那時欠下的債了。如果能給我一點時間……我一定會還妳。」
「妳這話真奇怪。金仁珠小姐，這是義務，就算那孩子不是由我們家扶養長大，他仍然是那個人的孩子。孩子的父親支付養育費，這是天經地義的事。」

「……什麼？」

仔細一聽，這話倒也沒有說錯。但回想她們之間的關係與兩人上一次見面的情況，這話又顯得有些詭異。面對自己老公外遇的對象，而且是個任性地把肚子裡的小孩生下來的女人，究竟有誰會去想到要支付養育費？而且還是如此理所當然的態度。

「以後每個月十三號在這邊碰面吧，我每個月都會拿錢來。」

「什麼……？」

女人說的話越來越難以理解。為什麼？仁珠的臉上寫滿了疑問與混亂。

「這是十一年前，妳拿錢逃跑的懲罰。」

「……這……」

「啊，雖然現在說有點晚了，但當時妳確實讓我印象深刻。」

「……」

「我先離開了。」

直到最後，女子的行徑都讓仁珠不能理解。她離開後，仁珠看著面前的空位與桌上的信封。

剛才究竟發生了什麼事？

12

這幾天發生了很多讓仁珠無法一下子接受的事。混亂之中，她決定先從眼前的事情開始處理。她把錢存進銀行，並看了看自己的存摺。

「……老天啊。」

她嚇得目瞪口呆，兩眼死盯著存摺上顯示的金額。養育費竟給了這麼多？雖然她也想過，十一年的分量累積下來應該不是小數字，卻沒想到會是這個金額。對方究竟是以什麼標準計算的？她是不是說考慮到通貨膨脹多給了一點？但有這麼多嗎？

雖然滿腦子都是疑問，但也沒法多問，因為仁珠根本沒有留下對方的聯絡方式。她感覺自己像被鬼魂魅惑了。

總之，金錢的力量十分驚人。過去幾天，起起伏伏幾乎令她瘋狂的痛苦，如今已被意外的鉅款帶來的混亂所擊退。突然，她看見存款機上頭的鏡子。

她看見鏡子裡有個邋遢的女人，蒼白的臉上滿是極度的痛苦啊。

她似乎知道自己該做什麼了。她知道此刻自己最需要的東西是什麼。

她必須盡快恢復日常生活。

這才能夠讓人在痛苦之中堅持下去。

13

她先去了髮廊整理頭髮，接著去百貨公司，買了平時絕對不會想去買的昂貴服飾，再到高級餐廳去吃頓美食，然後到附近的飯店三溫暖，讓自己泡在滿是白色泡泡的浴池裡，最後再去按摩。

簡言之，她奢侈了一番。過程中雖然也曾經想過，自己這樣真的好嗎？但這些享受卻讓她的心情很是平靜。所謂的享受，是整理頭髮、吃美食、放鬆緊繃肌肉的過程。

如果有人看到現在的她，會說什麼呢？

人們肯定會說她腦袋不正常，說她是瘋女人，竟丟下臥病在床的兒子，拿別人的錢去奢侈地享受。

怎麼能這樣？真不是人！為人母可不能這樣，好歹也是孩子的媽媽啊！

那又怎樣？

責怪她的人之中，有誰能夠拯救她的心嗎？有誰能夠把她的人生還給她嗎？

她回到醫院，在兒子身邊攤開簡易床架，睡了個久違的沉沉的覺。

醒來的時候，她覺得腦袋清醒了不少。

終於，腦袋裡的惡魔離開了。

14

金仁珠愛鄭熙完，金攬玗也愛鄭熙完。如果仁珠當天在場，她或許也會做同樣的選擇。會去救那個孩子。

所以那個孩子沒有錯。

她又花了一點時間，才把自己的心情也整理好。這段時間裡，仁珠會定時跟那個女人見面。

「妳看起來好多了。」

見仁珠在第二次碰面時改頭換面，女人如此表示。不，現在不該稱呼她為「女人」了。她的名字叫韓好景，是仁珠曾經愛過的男人的妻子。現在不知道該怎麼定義她才好，她們的關係實在無法三言兩語說清。

「託妳的福。」

如果告訴她說，我用妳給的錢享受了一番，她會嘲笑自己、會輕視自己嗎？仁珠靜靜說著自己的事，去了髮廊、百貨公司、餐廳、養生館等等。

「很好。」

好景不時輕笑、點頭，認真地回應仁珠。其中沒有一絲批判，這讓仁珠的心情輕鬆了不少。

「下次見。」

待仁珠把故事說完，她留下簡短的道別便離開咖啡廳。第三次見面也是類似的情況。仁珠說完這段時間發生的事，好像那是她的義務一樣。這樣的情況又重複了幾次，好景也開始會說一些自己的事，兩人都會傾聽彼此的故事。

她們不是朋友，當初開始見面也不是基於什麼好事。或許是因為這樣，在彼此面前反倒能輕易將無法對親朋好友說的話說出口。

這樣奇妙的緣分，竟持續了六年。

15

一天又一天過去，不知不覺就過了六年。攬玗的身體稍微長大了一些，若不是處在植物人狀態，或許會長得更大。十七歲的他個子已經很高，成年後肯定也會是個帥氣端正的青年。

雖然現在他是這麼消瘦。

等心情平復到一定的程度，就要去找那個孩子，仁珠暗自下定決心。只是她實在無法輕易跨出第一步，只能一直把這件事情放在一邊，任由時間一天天流逝。見面之後該說什麼才好？自己會不會脫口就是在埋怨她？真是沒信心。

雖然兩人已經不再繼續交往，但日範還是會偶爾到醫院來默默照顧攬玗。仁珠幾次跟他說可以不用再來，他卻堅持不肯退讓。他們父女的牛脾氣，真是一個模子裡刻出來的。最後仁珠就放棄勸他了。

「攬玗。」

不管怎麼呼喚，攬玗都沒有回應，仁珠也早已習慣。但即便如此，她心裡仍隱約有些無謂的期待。喊著喊著，會不會哪天攬玗就像以前一樣，帶著笑容回應呢？

「明天我要不要去見熙完？」

她應該長大了很多吧？應該還是很漂亮。

「替我加油吧。」

讓我能鼓起勇氣。

但就在仁珠去見熙完的路上，接到了熙完出車禍的消息。

她在巷子口徘徊了好久，始終沒能鼓起勇氣。事情就發生在她打算離開的時候。她拖著留戀的步伐幾度徘徊，心裡想著明天一定能夠鼓起勇氣，明天她真的會去見那個孩子。那孩子見到自己，不知道會說什麼。她會埋怨自己嗎？會歡迎自己嗎？還是……做再多的假設都沒有用，她決定思考自己見到那孩子之後該怎麼做。首先，她必須道歉，為沒能多照顧到她而道歉。然後要緊緊抱住她，從現在開始好好補償她。

但這一切都成了虛無的想像。口袋裡傳來震動。她掏出手機一看，看到畫面上顯示的鄭日範三個字，她還沒有什麼特別的想法。這人為何突然打給她？他雖然偶爾到病房拜訪，卻從來不曾主動聯絡。兩人之間的交集頂多就這樣。

然後——

仁珠顫抖的指尖無力地鬆開，手機掉落地面，發出悶悶的撞擊聲。她低頭，呆看著碎裂的液晶螢幕。

喂？仁珠？抱歉，真的很抱歉，我實在不知道該拜託誰……急診室……麻煩妳去一趟急診室。熙完她在那裡……我現在人在很遠的地方，再怎麼快也要兩個小時……仁珠？

仁珠不知道自己是怎麼攔了計程車來到醫院的。她腦袋一片空白，茫然地下了車衝進醫院，她滿心只顧著禱告。這次，拜託至少這次別把這孩子帶走。

16

熙完昏迷了整整一個星期。她有些擦傷，骨頭也有點裂開，但並沒有受什麼重傷。即便如此，她仍然沒有醒來，好像根本不想醒來一樣。

仁珠理性上知道，這不是任何人的錯，但熙完卻好像已經預料到這起意外一樣，早早申請了休學、辭去打工，還把家裡都清空了。

她不能不怪自己。這孩子，究竟是怎麼撐過這些日子的？沒有半點肉的消瘦身子、緊閉的雙眼，全都瀰漫著濃厚的死亡氣息。

仁珠不知道該向誰祈求，於是她逢神就拜，拚命向神禱告，希望滿天神佛能救救這個孩子。不管是誰都好，希望能救救這個孩子，她將會用一生償還這個恩情。

拜託……請救救她。

奇蹟發生了。一個星期之後，熙完醒了。

隔天，攬玗卻靜靜沒了呼吸。

神給了她一個孩子，卻帶走了另一個孩子。就像是在告訴她，這世上沒有不需要代價的奇蹟。

17

仁珠靜靜辦了葬禮。瞞著必須在病房靜養的熙完，祕密完成葬禮。雖然總有一天，還是得把這件事說出來，但並不是現在。熙完的狀態還不穩定。

她不時哭泣的樣子令人不安。仁珠在孩子獨自生活的房子裡，整理寥寥無幾的家當時，在桌上發現了一張空白的紙。上頭什麼都沒寫，但她怎麼會不知道那代表什麼？

她並不是不埋怨神，但她也沒有不感謝神。心情雖然複雜，但她以唯一能肯定的事情為指引，決定去面對熙完。她已經不想再後悔了。

攬玗，你覺得呢？我們都愛那個孩子。

我想守護她。

18

那個月，好景來得早了一些。那是辦完攬玗的葬禮第四天的事。她二話不說，拿出一個信封放在桌上。

仁珠將那個信封推了回去。

「不用再給我了。我兒子……離開了，走了。」

多虧好景的好意，她才能撐過這幾年。以養育費為名，她不必工作也能有一大筆錢可用，讓她能一直陪在兒子身邊，在照顧兒子的同時也能整理心情。也因此她才能從兼職等簡單的工作開始，重新找回日常生活。雖然好景說這是義務，但這顯然是出於一種好意。

她能夠過著自己的日常，此外還能再去照顧攬玗。偶爾她能跟人聊天歡笑，可以照顧自己，也能兼顧工作。

攬圩就像過去她交代的一樣，過著自己的日子。那些日子平靜得令人難以置信。

「這是奠儀。」

「……啊。」

「我聽說了。本來想說要不要去致意，但覺得還是別去比較好。」

「真希望妳能來。」

好景搖搖頭說，我們可不是那種關係，仁珠表示同意。兩個女人帶著笑容看著彼此。

「真可惜，我真的很想看妳的孩子長大會是什麼樣子。我想應該會很可愛吧。」

她離開前說的最後一句話，聽在仁珠耳裡就像道別。也是，從今以後她們再沒有理由能見面了。

「這段時間謝謝妳。」

「仁珠小姐，這不是什麼需要感謝的事，也不需要抱歉。我只是代替我先生盡他沒盡的責任。我們是夫妻，這麼做是應該的。但如果妳覺得感謝，我也不會感到不愉快。」

「不管妳怎麼說，我都會一輩子感謝妳。無論是用什麼方式，我都一定會報答妳。」

「那妳就活出美麗人生吧，這樣就是報答了。」

美麗。她所說的美麗人生，是怎樣一種人生？那說的會不會是幸福？

「下次見。」

好景離去前留下了同樣一句話，只是她們從此沒有再見。

19

熙完出院了，以熙完需要人照顧為藉口，仁珠自然地住進那個家。就像他們分開時，日範選擇尊重她的選擇一樣，仁珠不由分說搬進家中，日範也沒說什麼便接受了。但就算是這樣……

到了這個時候，是不是也該有點動作？

過了大約一個月，仁珠不得不煩惱了。

熙完的狀況慢慢穩定下來，仁珠也已經差不多準備好要把攬圩之死的真相告訴她。等這件事結束之後，他們之間的結也就差不多解開了。等一切都真相大白，也許他們還得傷心上好一段時間。

即便如此，他們依舊過著平凡的日常。他們會有一段時間走得踉蹌，但生活很快就會重新步上軌道。他們對彼此的愛，會是彼此生命中的北極星，總是在那個位置發著光。

所以說，現在是不是該有所行動了？關於那件曾經熱烈討論過，卻還沒開始就宣告結束的事。

結婚。攬圩說那叫再婚，但那只適用於日範，仁珠可是第一次。這說不定會招人恥笑、招人辱罵，但她想穿上白色的婚紗，還希望能有捧花，更想在祝福的歌聲中進場。

最重要的是，她希望能獲得熙完的祝福。

她希望……那孩子能夠祝福他們，能對他們笑，希望她能露出燦爛的笑容。希望他們能再次成為家人，成為法律認可的、有法律依據為證的家人。不是只有他們自己認定彼此，而是世人都能認同的家人。

20

日範大步大步走來。手上提著那個曾經裝滿糖果，如今已略顯老舊的公事包。臉上的皺紋讓人清楚感覺到歲月的流逝，但乾淨整齊的衣著卻始終如一。

仁珠慢慢走向他。兩人走到彼此面前停下來，那個地方正好是過去那間便利商店的門口，也是過去仁珠每晚守著的店面。

「要不要跟我結婚？」

仁珠笑著問，日範手裡的公事包掉了下來，眼睛瞪得老大。

「太驚訝對心臟不好，還是要考慮一下年紀。」

「……是誰在嚇我啊……」

「是我吔。你不要太驚訝，這樣我會覺得很丟臉。」

「……妳是認真的嗎？」

「是開玩笑的。」

日範的表情有些失落。仁珠撿起掉在地上的公事包，拍了拍上面的灰塵，重新交還給日範。

「說是開玩笑的那句話是開玩笑的。」

「下次要開這種玩笑，可以先預告……什麼？」

「走吧，回去吃晚餐吧。」

他一如既往溫柔的臉上滿是困惑。仁珠先轉身離開，心想著等他回過神來，應該就會追上來了。她覺得日範這樣有些可愛，仔細想想，當初就是迷上這樣的他。日範個性耿直，偶爾又會像少了根螺絲一樣胡鬧，在一些莫名其妙的地方又固執得要命。

這是怎麼回事？竟然沒聽到追上來的腳步聲。仁珠回頭，後頭一個人也沒有。他去哪裡了？仁珠很快有了答案。

日範手裡拿著不知從哪找來的一朵玫瑰花，急匆匆跑了過來。他這麼做有什麼用意，不必特別思考也知道。

「……妳願意跟我結婚嗎？」

喘了幾口氣後，他說。仁珠笑著接過那朵花。
那之後又過了一個月，他們終於成了家人。

後來的故事，韓好景

就在她試著空出時間去見對方時，

突然接獲一個悲傷的消息……

0

女人一輩子都是裝飾品。

結婚前是自己家裡的裝飾品，結婚後成了夫家的裝飾品。

她不曾對這樣的生活有特別的不滿。既然生來就衣食無缺，那她也有應盡的義務與責任。

所以當她被「拜託」去跟先生在外面的女人見面，整理掉那段關係的時候，她才能夠平心靜氣地面對。是喔，那我會把時間空下來。她的反應只有這樣。

若說女人是家中的裝飾品，那麼男人在女人的生命中也跟裝飾品沒有兩樣。就像掛在包包上的飾品，即使換掛別的，女人的生命也不會有太大的改變，但那的確是個最華麗、最昂貴的飾品。

所以雖然她並不怎麼珍惜，但還是把飾品放在那裡。無論飾品是要接觸其他包包還是要怎樣，她從不曾感興趣。這段婚姻由責任與義務組成，除此之外什麼都沒有意義。

但或許是這樣，才讓她更感到意外。

沒有接到那通她在等的電話，讓她感到意外。

「她跑了。」

「我們正在追蹤她的行蹤。確定後再跟您報告，不會花太多時間。」

祕書以生硬的語氣說明。祕書是個有能力的人，正如他所說，他很快便找到金仁珠母子的行蹤。一直過著平凡人生的女子就算要逃，也無法逃去哪。橫豎都是在這片天空下，要找人、要抓人都不難。

「真有趣。」

女人露出淺淺的微笑。當對方選擇把孩子生下來的時候，她只覺得這是個合理的選擇。這不就是所謂的愛嗎？對方拒絕那筆錢時，她也並不意外，因為那是顧及個人自尊的選擇。

但同時選擇金錢跟愛，那該怎麼說才好？不曉得，總之這勾起了她的興趣，對金仁珠這個女人的興趣。

1

「找到她了。」

不到一個星期的時間，祕書便報告找到金仁珠母子當前的所在地，並將地址呈報給她。當下她心裡只覺得，祕書花的時間比想像中要多。

「您希望怎麼處理？」

「先保密吧，我想先看看狀況。」

她並不是想同情對方或覺得對方的處境很可憐，只是在計算該怎麼做才會對自己有利。韓好景的人生總是活在徹頭徹尾的算計之下，因此再怎麼樣她都只是為了利益。

啊，不過那個女人，還真是有趣極了。

「隨時掌握她的動向，定期跟我報告。」

「是。」

好景的手緩慢敲著桌子，這是為了幫助自己模擬未來可能的狀況。確實是會需要一個孩子。老實說，她並不能同理這件事，只好奇為何無論哪個家庭，凡是生活在這個國家的人，都執著於能夠傳宗接代的兒子。從這個角度來看，她其實並不特別想要金仁珠的兒子。

韓好景所需要的，只有能一心一意專注在她身上、能為她好，對外還能成為稱職繼承人的孩子。這個孩子要對外能配合家裡的需求，對內只聽她的話行事。若親生母親是別人，那必定有可乘之機。已經在別人的照顧之下生活一段時間的孩子，肯定也已經日久生情。

當初聽到金仁珠逃跑的消息時，她反倒有些感激。畢竟她已經乖乖依照指示，代為出面去「拜託」對方把孩子讓給他們，那對方帶著孩子逃跑之後，她多花點時間找人，也不會有人多說什麼。

畢竟對他們來說，韓好景一直都是最好掌控的對象。韓好景能夠代替無能的長男負責公司經營，卻又從來不貪心。面對一有機會就找不同對象鬼混的丈夫，她也從來不曾情緒失控高聲喝斥。這樣的韓好景，在人們心中可謂最完美的賢妻良母。

當然，遊戲要玩到最後才知道輸贏。沒有人知道玩家何時會亮出手中的王牌。韓好景的世界一直都是黑白的，一切都毫無意義，世界就是如此空虛。

然而，也並不是因為這樣，她就只能乖乖謹守本分，不能試圖往上爬。

女的沒有用。她反覆咀嚼很久以前某人無心的一句話，進而得出結論。她決定放手，要找一張新的牌，一張堪用的牌。當然，會做出這樣的結論，也多少是因為對那女人有些許的興趣。她想看看，這個失信於自己、拿了錢就跑的女人，究竟能夠過得多麼幸福快樂。

2

後來再度見到女人時，是在一間大學附設醫院的病房門口。她邋遢且神色憔悴，頂著一顆油膩膩的頭，骯髒的髮絲大半結成了塊。女人失魂落魄地打開病房的門，一看見好景便像要暈過去一樣嚇得跌坐在地。

「好久不見了。」

「……妳怎麼會……」

「可以跟我聊聊嗎？」

女人默默跟著好景。當女人在她的帶領下入座之後，原本驚慌失措的眼神再度變得呆滯，彷彿剛才吃驚的人不是她。她看起來很痛苦。好景十分平靜，心裡有些同情她。

這不就像一場精心安排的悲劇嗎？被沒有責任感的男人所騙成了未婚媽媽，奮不顧身生下了孩子，用母愛呵護他長大，孩子卻因為意外而成了植物人。

「我想把孩子生下來。」

沒錯，這些都是女人自己的選擇。所以如果拿這一切的發展說這是一種不幸，似乎就有些多管閒事了。如果是對方自己說自己不幸那倒還好，但好景認為自己並沒有資格評價金仁珠的選擇。

所以，這就只是……

「就算那孩子不是由我們家扶養長大，他仍然是那個人的孩子。孩子的父親支付養育費，這是理所當然的事。」

「……什麼？」

「以後每個月十三號在這邊碰面吧，我每個月都會拿錢來。」

這是責任，也是義務。

這兩個都是好景喜歡的詞。但若問她為何偏偏選在這個時候這麼做，她也只能說是因為之前沒有想到。

準確地說，促使她這麼做的契機，是一個名叫劉率河的孩子。

3

孩子沒有罪。

好景之所以決定要對這個進入自己人生的孩子用情，有一半是因為這樣。剩下的另一半，該怎麼說呢……是因為這孩子的存在對她來說，將會是一張非常有用的牌。

即使某天突然有了個兒子，好景的丈夫依舊在外拈花惹草，並不怎麼關心孩子。家中的長輩本以為有了自己的血脈，他或許會有些不同，只是他仍然讓人失望。這打從一開始就是個可笑的期待。無論是母愛還是父愛，豈會單純因為要延續血脈一事就從心底自己冒出來？這應該是一種必須持續相處，在孩子逐漸長大的過程中才會培養出來的東西。

但即便經歷這樣的過程，也有些人不會有任何改變。

好比說，韓好景的父母。

總之，好景竭盡全力對那個孩子好，起初是為了特定的目的，然後才是因為覺得相處起來還不壞。而現在……

「媽媽，妳回來啦？」

「是啊。你吃冰淇淋了嗎？」

「吃了！尹祕書叔叔買給我的！」

「我們是不是約好了什麼事？」

「對，一天只能吃一個冰淇淋，我今天不會再吃了。」

這份愛的開端雖是別有用心，但獲得這份愛的孩子卻似乎想要回報自己得到的愛。是從什麼時候開始的？即使不用努力去提醒自己，好景也開始覺得這孩子可愛。

孩子跟她一點都不像。孩子很感性，面對什麼都多愁善感。他的個性和善，無論對方是誰都能很快博得喜愛。唯有一個人不疼愛這個孩子，那就是好景的丈夫。

韓好景會定期收到跟金仁珠有關的報告。她其實不需要知道得這麼詳細。只要知道她住在哪裡、做什麼工作、孩子長得怎麼樣，這樣就夠了。

可她又突然想，是不是該找個機會去見見金仁珠的兒子。

在她身邊一天天長大的劉率河，不知不覺已經到了該上學的年紀。好景突然想到，聽說那女人的孩子不久前上了高中，那孩子現在怎麼樣了？人家都說孩子會像父母，劉率河只有笑的時候眼角下垂、臉頰出現酒窩的模樣像她的丈夫。

只是率河的笑容並不像令人失望的丈夫，反倒讓人覺得可愛。

而那個女人的兒子，簡直跟她像是一個模子裡刻出來的。

我活得充滿樂趣，未來也打算充滿樂趣地活下去。

眞是有趣。

無論是那個母親還是那個兒子，都是有趣的人。好景想起自己喜歡的兩個詞——責任與義務。這些日子以來，她一直將兩人放在旁邊，沒有時間多去思考。既然現在想起了對方，雖然有些晚了，但也是該去處理了。

首先，跟久違的女人見個面吧。

於是，就在她試著空出時間去見對方時，突然接獲一個悲傷的消息。

女人的兒子出了意外。

4

「我今天買了花。」

每個月碰面時，金仁珠總是在她面前對自己的事侃侃而談。都是些瑣碎的小事。我今天剪了頭髮。很適合妳。今天去了趟植物園。真好。今天跟久違的朋友見面。妳過得很開心呢。今天……

「我本來在想說有沒有什麼東西能給妳，但實在想不到什麼……」

仁珠拿出來的東西，是一束五彩繽紛的非洲菊，中間還穿插著一些不知名的花。好景從來不曾關心過花的名字或樣子，因此不知道每一種花的名字叫什麼。只是單純覺得，這些花放在一起看起來還不壞。

「謝謝，我會好好收著。」

這也是件有趣的事。她不是沒收過花。應該說，她收到花的次數多到讓她沒辦法一一記住。然而送她花的對象不是別人，而是自己丈夫過去的外遇對象，的確是個與眾不同的經驗。

這樣奇妙的關係與會面，好景覺得還不壞。

「不管妳怎麼說，我都會一輩子感謝妳。無論是用什麼方式，我都一定會報答妳。」

「那妳就活出美麗人生吧，這樣就是報答了。」

當最後來臨時，她甚至都覺得有些可惜。

「下次見。」

好景是打從心底希望金仁珠能夠活得「美麗」。後來她們的人生便再也沒有交集，不過偶爾她還是會回想起那束花，回想當時的事情。

那是段平靜的時光。

當然，在韓好景的人生裡，平靜是沒有什麼價值的存在。不過當她收到寫有韓好景三個字的董事長名牌的那一天，她首先做的事情，就是在旁邊插上一束五顏六色的非洲菊。

這是對過去的自己送上的一種讚頌。

「金仁珠小姐，妳過得好嗎？」

突然，她想起某天的對話。

韓好景過得很好，金仁珠也透過新聞得知了這件事。

那個家還是這麼過分，妳怎麼就一直忍氣吞聲呢？

……不知道。

抱歉，說這種話是有點越線了。

不會，我不在意。這不是妳需要知道的事情，但我還是先告訴妳。我也有目的，爲了那天偶爾還是需要低頭。

那天就是目標實現的日子。韓好景在那束非洲菊面前，為自己舉杯慶祝。

雖然沒有人跟她一起，但她仍獨自慶賀。

後來的故事，高英賢

雖然會以為自己失去了某個人，

世界就會天崩地裂，但其實不一定會這樣。

人還是能活得下去，只要生命依然存在。

0

據說有時候，陰間使者會變成心愛的人的模樣出現。她的陰間使者，會不會也變化成自己心愛的人呢？

八歲，媽媽死了。

九歲，媽媽回來了。

1

英賢的母親命中注定該成為巫堂[1]，卻又不想聽從這樣的命運。滿二十歲後的某一天，她突然得了神病[2]，她說當時就只想去死。

所以說，以她的模樣出現的陰間使者……

無論是巫堂的生活，還是忍受神病的生活，她都無法選擇。她為此痛苦，最後只能接受神降臨在自己身上，卻不從事巫堂工作。告訴她這個折衷方法的老巫堂警告，若她做了這個選擇，她這輩子就別想結婚。老巫堂說，選中她的神嫉妒心重、獨占欲強，感情最終只會宣告破局。

而她也堅決封閉自己的心。但即便如此，愛情的火苗還是找上了她。

那火苗恣意來訪、恣意燃燒。

她不是沒想起那警告，只是她沒有道理忽視那份愛。

以母親面貌出現的陰間使者，讓年幼的英賢坐在一旁，開始說起自己的故事。雖然大多都是她聽不懂的話，但英賢仍然一字不漏地記在腦中。希望等她長大成人，總有一天能完全理解這番話。為了那個時刻而等待。

1 韓國薩滿信仰中對女巫的稱呼。

2 神病指被神靈選中的人，在精神與身體上經歷極大痛苦的過程，唯有接受神的旨意成為巫堂才能夠擺脫。

時間雖然短暫，但他們的愛很深刻。母親輕摸著英賢的頭說：

「妳是我們的愛所創造出的孩子。」

英賢出生之前，父親因為突如其來的意外而去世。他在地鐵的月台上，為了救掉落軌道的人，卻連自己也一起掉下去了。母親大受打擊而昏倒送醫，並直接生下了英賢。在難受的陣痛中，她突然想起那個古老的警告。

意外或許只是偶然所致，把那當成是個單純的意外，顯然是個比較理性的判斷。但她有一股強烈的預感，總有一天那個偶然或許會奪走自己的孩子。

母親拚命尋找方法，尋找能保護孩子的方法。即便要拿自己的命去換，她也在所不惜。終於，在英賢八歲的那年……

母親找到了方法。

雖然她最終沒有說出那個方法究竟是什麼，九歲的英賢不明白，二十三歲的英賢卻懂得透徹。

一天，母親突然遭遇意外，死亡接踵而至。那雖是隨處可見的普通車禍，其因果卻都與英賢有關。

2

話說完了，母親帶著甜甜的笑說：

「英賢。」

「嗯。」

「妳知道媽媽的名字吧？」

「嗯。」

「可不可以叫媽媽一下？叫三次就好。」

年幼的英賢因為許久未跟母親見面而開心，便乖乖照著母親所說的，叫了她的名字。

三次。

「媽媽？」

她只是叫了母親的名字，只是依照母親的要求叫了她的名字，母親模樣的陰間使者卻逐漸消失。

「妳要勇敢。」

「媽媽……妳要去哪裡？」

「要乖乖聽外婆的話。英賢，媽媽很幸福，媽媽現在很幸福。」

兩人的相會到此結束。她無法相信母親消失，因此拚命揉著眼睛，睜開眼才發現自己人在醫院，外婆正坐在床頭打瞌睡。

來查看英賢狀況的護理師，驚訝地弄掉了手上的病歷，大聲喊道：

「醫生！病人醒了！」

3

長大後的高英賢偶爾會想，怪了，媽媽只要自己幸福就夠了嗎？應該要問問，透過她的選擇，英賢是否幸福、能否幸福吧？

當然，現在的英賢也不能說不幸，但也不算幸福。只是過得很剛好。幸福的重量、不幸的重量剛好維持平衡。是能讓她活得剛剛好的人生。

4

也許是因為從鬼門關前撿回一命，英賢不時會看到不屬於這個世界的存在。例如陰間使者、生靈或亡者之類的。

亡者與生者所在的頻道不同，雙方無法溝通。即使英賢能看到他們，他們也看不見英賢。他們只是呆滯地看著半空中，就像一群迷路的人。不會與他人視線交會、不會有所交流，因此英賢並不覺得他們可怕。

真正可怕的東西是別的。

生靈與陰間使者。往來於生死交界的他們，有時候會跟英賢搭話。

「妳改了妳的生死簿啊。」

偶然遇見的一位陰間使者這麼說。

可惡，真是嚇死人了。

她遮著嘴巴小聲地說：

「先生，不要跟我講話，我們在大眾交通工具上吔！」

「……」

陰間使者一臉怎麼世上會有這種人的荒唐表情，盯著英賢看了好一陣子便消失了。英賢鬆了口氣，心想哪有這種給人添麻煩的陰間使者。要是被別人看到自己對著空氣說話，那她的人生肯定要完蛋。

光用想的就讓人渾身發抖。在這個世界上，只要異於常人終究會被排擠啊。也正是因為這樣，她才會希望自己能活得平凡、活得剛剛好。

5

如果自己能看見他們，是否就能見到母親樣貌的陰間使者？偶爾她會懷抱這種無謂的希望。

當然，這只是一個希望，不是要跟母親重聚。如果能一直見到母親，那當初也不需要道別。名為希望的迷戀很快便消失無蹤，生活中的她隱藏自己奇特的能力，始終成熟勇敢。

「真是罕見的孩子呢。孩子，妳改了生死簿吧？」

真不知道為什麼愛管閒事的陰間使者這麼多。她已經很擅長使用腹語術跟這些陰間使者說話了。

「請別跟我說話，請尊重人類的生活。」

英賢想，這真是要嚇死人了。

6

之所以會對從來沒說過一句話的鄭熙完印象深刻，並沒有什麼特別的原因。她很漂亮，即使一張臉脂粉未施，也還是很美。

但她的臉上籠罩著濃濃的死亡陰影。那影子實在太濃厚，以至於那張臉雖美，人們卻還是會本能地避開她。當然，一方面也要怪罪於她那不給人一點機會接近的個性，但就連那些看到新生就欺負的復學生也都對她敬而遠之，顯然大家隱約都能感覺到一些什麼。

跟在她身後的死亡氣息。

過沒多久就聽到她出意外的消息，英賢並沒有太驚訝。這是遲早的事。很遺憾，但又能怎樣呢？這是她的人生。

但這是怎麼回事？

昏迷躺在醫院的她，竟然就在自己眼前走動，而且還跟陰間使者一起。

「呃……那個……？」

當英賢發現不對勁，試圖遮住自己的嘴時已經來不及了。兩人轉頭看向她，陰間使者還對她擠眉弄眼。陰間使者把食指放在嘴上，是要她什麼都別說嗎？別說那個人是陰間使者的事？別說出鄭熙完現在是靈魂狀態的事？

慌張之餘，英賢也打破了絕對不跟陰間使者和靈體對話的生活守則。英賢支支吾吾地說：

「鄭熙完……？妳是那個視覺設計系的鄭熙完……對吧？」

「……是沒錯。」

看她的反應，她似乎也不知道英賢是誰。這也是正常的，畢竟鄭熙完從來不關心身邊的任何人，好像這世界上只有她一個人一樣。但一想到她很快就要死，英賢就也不覺得她這樣的態度奇怪。

「哦，妳認識她嗎？妳們是朋友？」

陰間使者笑著加入對話，熙完看向他。

啊啊，那個眼神。英賢明白了，那個陰間使者，就是熙完心中的唯一，是再珍貴不過的人。

「是同學啦，朋友……應該不算。」

「那就當朋友候補好了。啊，我是熙完的哥哥。」

「是，你好。我叫高英賢，是鄭熙完的……大學同學。」

陰間使者拍了拍熙完的背，低聲在她耳邊不知說了什麼。英賢實在無法忽視兩人溫柔的相處，便不由自主地伸出了手。

「從現在開始做朋友就好了，我們好好相處吧。」

「……嗨。」

熙完回握住她的手，讓她非常意外。老實說，她本以為熙完會忽視自己釋放的善意，沒想到陰間使者嘆了口氣，並對熙完使了個眼色。那樣子真的太溫柔，讓她差點忍不住就想告訴熙完，妳是被愛的。

短暫遲疑的熙完，小心翼翼地牽動嘴角的肌肉，接著便露出難以言喻的怪異表情。英賢呆看著她那張僵硬的臉。怎麼回事？那該不會是……

……不會是在笑吧？

一想到這裡，英賢便忍不住嘆了口氣。

7

好不容易結束了那尷尬到令人難以忍受的會面，英賢轉身離開。她想趕緊離開這裡，幸好巷子裡也沒人。要是被人看到了，人家會怎麼想呢？氣息這麼強大的生靈跟陰間使者，稍微敏感一點的人說不定也能看見，但她並不想冒險。

「那個！等一下，我有個問題，有件事想問妳。」

是怎樣啦？

「妳看得到那個人嗎？」

我不想再跟妳有牽扯了！

「什麼？」

「那個人，妳看得到他嗎？」

緊抓著自己衣服的她，眼睛裡透露著極度的迫切，因此我也不自覺地煩惱了起來。該怎麼回答才對？雖然我看得到，但其他人大概看不到。

「看得到。」

「……謝謝。」

思來想去，我決定只說出一半的答案。熙完的表情非常奇怪。究竟對妳來說，那個陰間使者有多重要？

欸，我說啊，我在成長過程中領悟到一件事，那就是雖然會以為自己失去了某個人，世界就會天崩地裂，但其實不一定會這樣。人還是能活得下去，只要生命依然存在。

但英賢實在沒能把心中的話都說出口，便只是握了下熙完的手就放開了。

「加油。」

希望妳一定要活下去。等照片洗出來，要不要去探個病？不，我要去探病。

聽到熙完醒來的消息後，英賢便帶著洗好的照片前往醫院。

她莫名有個預感，她們將會成為很好的朋友。

後來的故事，金攬圩

反正我們只是暫時分開，很快又會再見面。

我會等到那時候再告白，希望妳能盡情享受幸福的人生。

0

那個女孩子每天坐在長椅上，沉默寡言都不說話。這麼多小孩，她卻總是一個人。

那微微上揚的眼角、固執緊閉的雙唇，在小孩子看來也覺得很漂亮，所以我上前去跟她搭話。妳怎麼一個人？她回答不知道的聲音也好好聽，所以我很喜歡她。

但這個漂亮女孩，卻把我分給她的巧克力麵包弄掉在地上，這是媽媽說要給我當點心的麵包。我煩惱了一下。因為當時，巧克力麵包是我在這世界上最喜歡的食物。雖然有點可惜，但還能怎麼辦呢？我把自己的麵包撕了一大半下來分給她。比起對巧克力麵包的愛，我更想要博取她的歡心。

她看著我手裡的麵包看了好久，然後又撕了一半還給我。

天啊，我真的超級感動。那天晚上睡覺之前，我想都沒想就跟媽媽說：

「媽媽。」

「怎麼了？」

「我一定要跟會分巧克力麵包給我的女生結婚。」

「什麼？」

雖然準確地說，是要跟願意多分一點巧克力麵包給我的女生結婚，但小孩子的語言能力就是那樣嘛。媽媽笑了出來，應該是真的很好笑吧。

也是啦，在我看來也挺好笑的。居然被一個巧克力麵包收買，真是讓人無言。金攬圩這個蠢小子，被巧克力麵包迷得神魂顛倒的戀愛腦。

1

其實，鄭熙完並不是把巧克力麵包讓給我，她只是不想吃。過了很久之後我才知道，她很挑嘴，而且食量跟小鳥一樣。只吃那一點點還有辦法動，真是讓人感到神奇。

總之，知道這件事的時候已經太晚了。我這個戀愛腦，怎麼會這麼有毅力？一旦動了心，就不太會回頭。啊，金攬圩，真不知道拿你怎麼辦才好。

我們每天都在一起。每天都會見到彼此，沒有一天例外。都到這個程度了，也差不多該覺得膩了吧？每天早上我都會這樣想，但還能怎麼辦呢？我不知道被什麼蒙蔽了雙眼，只覺得她這樣也漂亮、那樣也漂亮。

她不是個有趣的孩子。她話很少，沒什麼表情，而且又很固執、很挑剔。那小小的腦袋瓜裡不知究竟裝了多少東西，想法總是莫名複雜。所以我應該忘掉她才對，這樣才是對的。

2

媽媽也到了該幸福的時候。她總是為了我而吃苦。跟偶然結識的緣分，一起度過許多個日子，我能感覺到他們兩個看待彼此的眼神一天比一天更加不同。

啊，隔壁的叔叔要變成我爸爸了。

這樣還不壞。雖然叔叔還是有些少根筋的部分，但跟某個人一樣木訥，肯定是個好人，能夠給媽媽幸福。

所以我沒關係，因為我還沒……還沒有那麼喜歡她。現在的話，我還可以停下來。好，重新開始。

我要把她當成是妹妹。是個脾氣有點壞，但是很漂亮的妹妹。妹妹、妹妹、妹妹……

「喂，鄭熙完。」

「幹麼？」

「妳叫我一聲哥哥來聽聽。」

「……你嗑藥嘍？」

「喂，妳對哥哥說那是什麼話？講話就不能好聽一點嗎？」

「神經病。」

「喂！妳要去哪？快點叫聲哥哥來聽聽啊！妳不知道吧？以學年來看，我是哥哥喔！真的！」

怎麼可能做得到。

本來以為聽她喊我一聲哥哥就能夠放棄，但她又不是會輕易聽話的孩子，而我……如果真的這樣就能放棄，那應該早就放棄了。
「喂，我們又不是小孩子了。他們喜歡對方已經很久了，只是拖到妳跟我可以理解的時候才說出來而已，這樣妳都不能諒解喔？」
「你廢話少說！我根本就不想跟你當兄妹！」
其實我也不想，可是……
鄭熙完，熙完啊，這也是沒辦法的。因為妳跟我太早，或可以說太晚相遇了。
「喂，妳要去哪？等我啦！這樣跑很危險！」
我想應該是選錯了地點。本來想說放開來玩個一天，就整理掉這無解的感情，但我選擇說這些話的地點真的是太糟糕了。
「喂！鄭熙完！喂！站住！喂！」
啊，真是該死，我看到一輛車往只顧著跑的妳開過去。我沒時間瞻前顧後，只能憑藉著本能衝上前去把妳推開。
「……濫竽……」
「……」
「……濫竽，濫竽！金濫竽！」

我不叫濫竽，是攬圩，攬圩！妳什麼時後才肯好好叫我的名字？笨蛋鄭熙完。幸好妳沒受傷。啊，早知道我會死在這裡，還不如乾脆把話講出來。

喂，妳知道嗎？其實我喜歡妳，而且是很喜歡。

3

再次睜眼的時候，我已經在醫院了。我穿著陌生的病患服躺在床上，另一個我正在看著我。哦，我好像知道這是怎麼回事。

「靈魂出竅。」

我試著出聲講話，但媽媽沒有反應。媽媽的臉色很差。金女士，妳這是怎麼了？聞聞，這是什麼味道？啊，媽，我知道兒子變成這樣妳很傷心，但還是要洗澡啊。繼父要被妳嚇跑了。

……抱歉，媽，我好像變成植物人了。我真是天底下最糟糕的不孝子。

「真的很抱歉。」

但我覺得沒關係，所以更覺得抱歉。她還活著啊，對吧？我很想問清楚這件事，但是得不到回答。

「我這個媽媽，該怎麼辦才好？」

我很想告訴她，我沒事，要她別太傷心，不要這樣整天失魂落魄。就算我死了，媽媽還是有自己的人生。啊，我說這種話，她應該會生氣吧？

可是媽，其實真的就是這樣。

我試著想從後面抱抱她，但我的手什麼也碰不到。我意識到這點，覺得有點挫折。對了，我現在是幽靈。

「加油，金仁珠女士。我沒事，妳很快也會好起來的。」

我獨自對著空氣，說著一些得不到回應的話。

4

下午叔叔，不，繼父來到病房，說了一些我很想知道的事情。

「……熙完怎麼樣了？」

「我看她睡著了才出門的。」

「……下次，你可以下次再來嗎？現在我不想跟任何人說話。」

太好了，妳還好好的，就像我媽一樣。雖然妳的心情應該也不好，但人平安是最重要的。拜託，希望妳們兩個都不要難過。我很想安慰她們，但實在不知道該怎麼做。思來想去，還曾經考慮要不要努力引發什麼騷靈現象呢。

但我想，我應該是沒有成為一個好鬼魂的資質。

畢竟我不管怎麼努力，都沒辦法讓點滴有一點動靜。唉，這世界真是糟透了。

5

幸好，隨著時間流逝，媽媽也逐漸找回平靜。這種變化是從一個女人來找她之後開始的。詳情我不清楚，但我知道那個女人是誰，是我生物學上的父親的法定妻子。

我記得很小的時候，在遇見熙完之前曾經見過她一次。我之所以到現在都還記得這件事，是因為在車禍發生不久前，我曾經見過她。

我問那個來找我的人是誰，對方說一直很想要跟我當面聊聊天。聽完對方說的這句話之後，我開始覺得對方有點眼熟。我肯定至少見過對方一次，我敢肯定。我開始在記憶中翻箱倒櫃，最後找到了答案。那樣的美人並不多見，眼角那顆淚痣更是特別。

您應該不是我的親生母親吧？

如果是這樣，那肯定會很有趣，可惜我不是。

哇，太好了。我還在擔心說我的人生可能一夕之間變成狗血肥皂劇。

聽完我的話，她一臉新奇地說：

你跟你媽媽眞像。

這是當然的，我是她兒子啊。

這有必要這麼驚訝嗎？

但跟那個人一點都不像。

我不認識那個人，不清楚這句話究竟算不算是稱讚。總之，她真正的來意，其實就是如果有需要的話，可以給我金錢上的援助。還說雖然已經有些太遲，但還是想盡一點責任。

我是不太清楚什麼責任還義務的，但我很清楚知道這不是我該決定的事。

這種問題應該要跟監護人討論吧？

監護人？你媽媽嗎？

我還未成年，對法律也是一竅不通。

我本來就打算去見你媽媽一面。今天就只是覺得好奇，想知道你是怎樣的孩子、過得怎麼樣、未來想過怎樣的生活，所以才來見你。

嗯，我活得充滿樂趣，未來也打算充滿樂趣地活下去。

那明亮的眉眼瞬間優雅地彎起，她發出十分爽朗的笑聲。

果然是充滿樂趣啊，我支持你，祝你過得開心。

雖然那是一次短暫的會面，但讓人印象深刻。總之，不知道那個人施了什麼魔法，媽媽恢復正常了。外表上看起來啦。果然，錢是這世界上最厲害的魔法師，哎呀。

媽媽回歸她的日常生活。會在固定的時間陪在我身邊，也會在固定的時間離開醫院。她不在的時候，就是照服員來照顧我。

漫長又無趣的時間延續。我想到醫院外頭看看，但可能是因為我還活著吧，實在沒辦法離病房太遠。

我很想妳。現在只有妳讓我擔心。

妳過得怎樣？有好好吃飯嗎？

6

過了好長一段時間，我依舊與無聊對抗。現在已經大致掌握醫院裡……雖然不知道怎麼講比較對，但總之，我已經大致掌握醫院裡的世界了。當有人的生命即將走到終點，陰間使者就會出現來呼喚他的名字。喊三次，屆時醫院裡的那個人便會魂飛魄散。

醫院裡有逃跑的鬼魂、有鴕鳥心態但以為自己躲得很好的鬼魂，還有像我這樣坐在一旁看著一切的生靈，但大多都難逃被拖走的命運。

即便有些人真的成功躲過了陰間使者，但肉體也已經死了。留下來的魂魄會變成真正的鬼魂，在醫院裡面徘徊。要是被陰間使者抓到，當然就會被帶走。嘖，要是一開始就乖乖跟著走，就也不會被五花大綁帶走了嘛。啊，但有件事情我很想講，這可是侵犯人權喔！陰間難道都不講人權的嗎？逮人之前都不講米蘭達宣言的吔！

不知道是不是我的心聲被聽見了，陰間使者要走的時候還看了我一眼。

「你還命不該絕啊。」

那個男人看起來很年輕。一般韓國人所想像的陰間使者，大多都是戴著黑色的紗帽、穿著黑色的長袍，臉白得像張紙一樣。但那個男人卻長得像個活人，身上穿的是西裝，而且還不是黑的，而是一套紅西裝，看起來就像辣椒醬，還繫著黃色星星領帶。至於長相呢，帥得幾乎可以打臉藝人，跟這套服裝搭在一起完全沒有任何問題，整體來說真的讓人非常驚訝。

果然，時尚的完成度還是要靠臉。總之，長這樣的陰間使者來勾魂，還真是讓人沒辦法適應。把我想像中的陰間使者還來喔。

「哼，算了。我們未來還會再見面，在那之前好好保重。」

陰間使者捏了捏我的臉，接著一眨眼就消失了。啊，當然會再見嘍。等我死的時候嘛。只是不知道要等到什麼時候而已。

7

那個孩子跟我一樣是個生靈。她上國中了嗎？那還是個很小的孩子。實在是太年輕，現在就死真的讓人覺得太可惜。

那孩子的身體已經腦死，手腳幾乎都斷了。聽說她是從屋頂上跳下來的。

「為什麼……要那麼做？」

我不情願地提問。其實我不怎麼想問，但她整個人散發出來的氛圍，就有點那個，好像希望別人問她一樣。我能理解這種心情，因為要是有個能溝通的人，我也會想抓著對方拚命講自己的事。可是生靈並不常見，而已經死了很久的鬼魂則沒辦法溝通。陰間使者又忙到不行，每次都收了魂魄就離開，實在沒有時間能來一段像樣的對話。

那孩子緩緩抬頭。我抖了一下。她的臉真的好陰沉，甚至會讓人誤以為她可能已經變成鬼魂了。

「我啊，是個透明人。」

嗯，對，現在我們兩個都是透明人，沒人看得到我們。當然，我知道她不是那個意思。

「我被排擠。這種事很常見吧？但我沒有被霸凌，你不要用那種同情的眼神看我。」

「喔，嗯……抱歉。」

「每次我說被排擠，大家就會用那種眼神看我，但又沒有要求幫忙。」

不是啊，已經死……不對，已經處在類似鬼魂的狀態了，想幫也沒辦法幫忙吧？

「你知道有一句話是這樣說的嗎？不評論比負面評論更可怕。」

「嗯，知道。」

我以前也是有在網路上混過幾年啦。

「我就是這樣，都沒有人把我當活人看。」

「哦……是喔……等等，這就是霸凌吧？」

「又打又踢才叫霸凌吧？」

從她的口氣聽起來，總覺得她好像也遭遇過這些事。我想起熙完。她也是類似……被排擠。雖然有時候我也會想，好像應該說是她排擠其他人才對。我有幫到她嗎？她很討厭別人干涉她的事情，所以除了陪在她旁邊之外，我其實也不能做什麼。

金攬圩，你這卑鄙的傢伙，找什麼藉口啊！我再次感覺到自己有多麼無力。

「不是只有動手打人才叫暴力。」

「……沒錯，那更可怕。」

有一次啊，我去參加寫生大賽。鬧鐘壞了，我遲到了，到了會場發現都沒人在。我看了一下手機，都沒有任何通知。要我主動聯絡又覺得有點怪怪的，所以我也不能怎麼辦，就直接回家了。隔天去學校，卻什麼事都沒有發生。」

企圖自殺的國中生生靈說。學校甚至沒有記她缺席，沒有聯絡她父母，也沒聯絡她本人。也就是說，連班導師都不關心她這個孩子。不管她在不在，都沒有人知道。雖然活著，但也像幽靈一樣。

她感到心力交瘁，就上匿名留言板寫了自己的故事跟心情，希望能有人懂她，但收到的都只有尖銳無比的回應。

「是妳自己有問題吧？」、「又不是被欺負，有什麼問題嗎？」、「妳應該要培養一下社交能力吧。」、「主動去接觸別人就好啦。」當然，其中也有一些溫暖的回應，但就算有好多溫暖的安慰，人還是會去放大唯一的一句批判。

那篇文章讓她遍體鱗傷。她心想，會不會真的是自己的錯，才讓大家不敢靠近她。於是她擠出根本不存在的勇氣，畏畏縮縮地主動跟別人打招呼，別人卻連看都不看她一眼。

她說上課時點到她的號碼，同學們總會異口同聲地說那是空號，而這件事情她也習以為常。這樣的人要鼓起勇氣主動跟人打招呼，那可不是普通的努力，可是卻沒得到任何回報。

她唯一的朋友，只有她根本不想要的絕望。那家裡呢？家裡會有什麼不一樣嗎？她搖了搖頭。她的父母更過分。平日忙於工作、假日有約、在家裡休息都讓人覺得累……父母以各式各樣的藉口不管孩子。她說，只有跟姊姊在一起的時候稍微好一點。是姊姊代替絲毫不關心她的父母把她養大，但姊姊也在成年之後就離家了。

她躺在加護病房裡，卻沒有任何人來看她。真是淒涼。

「會有人來參加我的葬禮嗎？」

她問。我找不到一句合適的話回應，只能選擇沉默。這副破爛身體，快動起來啊！動起來去揪著這孩子家人的衣領，把他們帶到病房來啊！跟我不一樣，這個被判定腦死的孩子，不知道心臟什麼時候會停止跳動啊！是不是該在那之前來見她一面才對？你們是家人吧！

「沒辦法聯絡上姊姊嗎？」

她搖搖頭。

「我不知道她的電話。她說她討厭這個家、討厭我，討厭這一切，說她想活得自由自在。自由是什麼？拋棄我她就會自由嗎？」

「怎麼可能，妳姊姊真的很傻。」

她肯定會一直惦記著妳，還什麼自由咧。我嘲笑了她姊姊一番，她卻生起氣來。

「不要罵我姊。」

但她還是偏袒姊姊的。嘖，我覺得好苦澀啊。我們就這樣看著點滴，在那裡蹲坐了好久。就在試圖自殺的國中生所躺的那張病床旁邊。

「喂，妳叫什麼名字？」

「……閔彗星。」

「妳名字很美吔。」

「那哥哥你叫什麼？」

「我？金攬圩。」

「濫竽？好奇怪的名字。」

喂，不是濫竽，是攬圩啦。

8

接近傍晚的時候，彗星的姊姊來了。彗星被送進醫院後，過了三天她才出現。病房裡都是她的哭聲，而我們還是坐在病床前面。

「姊姊在哭。」

我也知道。

她有二十歲了嗎？但看起來還是好小。那張稚氣未脫的臉皺在一起痛哭，看起來真的很難受。我實在沒辦法繼續看下去，但還是沒有離開現場。雖然認識對方還沒多久，但身為閔彗星的第一個朋友，我要講義氣，怎麼可以逃跑？

「不要哭了……」

「就是說啊。」

「讓人好心痛。」

「我也是。」

彗星也開始泛淚。

「可惡……」

一直咬著唇強忍著情緒的彗星，最後還是放聲大哭。我只是靜靜地拍著她的背安慰她。

「心痛的時候哭出來會比較好。」

「可惡……可惡……」

「不要再咬嘴唇了，會留疤。」

雖然不知道生靈是不是也會有疤啦。

幸好，彗星很快就不哭了。但她的情緒並沒有立刻平息下來，而是憂鬱地看著姊姊。看到姊姊來她並不覺得高興，反倒是因為姊姊傷心欲絕的樣子更難受。

「我什麼時候會死？」

腦死其實就跟死亡沒兩樣。只要拿掉呼吸器，呼吸就會停止，而陰間使者也會出現。但就算不這麼做，大腦都已經停止運作了，總有一天會停止呼吸。

「說不定會……活下來。」

我也知道這句話聽起來有多蠢，但這就只是個願望，我愚蠢的願望。金攬玗這個白痴，居然把這種蠢話當成安慰。

彗星用一臉到底在說什麼狗屁的表情看著我。她這樣算是便宜我了咧，我真的無話可說。

「這位家屬，可以請您過來一下嗎？我想跟您說幾件事。」

「你瘋了嗎？你腦袋正常嗎？怎麼可以說這種話？你這個瘋子！」

這時，一名醫生上前來跟姊姊說話。就在我們覺得應該要有誰來安撫彗星的姊姊的時候，這名醫生的出現不僅沒有安撫到她，甚至還讓她更激動了。

那位醫生手上拿的是器官捐贈同意書。啊，我知道那是什麼，在連續劇裡面看過。為了拯救其他病患的生命，會有醫生來懇求家屬同意腦死患者捐贈器官。在醫療劇裡面偶爾可以看到這樣的場景，沒想到竟然有機會親眼目睹這一幕。

那位醫生的眼睛又大又圓，看起來很和善。他之所以這麼做，肯定也是出於良善的意圖，是為了拯救還有一線生機的患者。

但這樣良善的意圖，說不定也是一種殘忍。最後，彗星的姊姊暈倒了。

9

彗星的姊姊一直守在妹妹的病床旁邊。中途曾經跟別人通過幾次電話，但她總是很快就哭著把電話掛斷。她把手機往地上一丟，又趴在床上哭了。只看她痛苦的表情，就知道她通話的對象是誰。

我判斷的依據，就是彗星的父母從來沒有來探過病。我聽到護理師私下在討論，彗星的父母要姊姊自己看著辦，不要再為這種事聯絡他們。有時候，人就是能夠對人這麼冷漠又殘酷。

看著她一直哭，連我也想哭了。之前那位醫生一有機會就會拿著同意書過來，彗星的姊姊也每次都會大吼大叫地趕他走。那位醫生後來被拖出了病房。都這樣了還不肯放棄，他肯定是個很有使命感的人。

話說回來，彗星跑哪去了？她之前都會一直跟在姊姊旁邊，但今天卻從上午開始就沒看到她。她也是生靈，肯定沒辦法跑太遠。是在玩捉迷藏嗎？閔彗星，妳在哪裡啊？

我離開彗星的姊姊身邊，在醫院裡徘徊。晃啊晃的終於找到彗星，原來她躲在某一間病房裡。病房裡，一個跟彗星同齡的女孩坐在床上，一臉嚴肅地看書。仔細一看，那是國中數學課本。旁邊還堆了好幾本其他科目的課本，幾乎都成一座塔了。

彗星坐在病床旁邊的地板上，抬頭看著那個女生。

「聽說她在等待心臟移植。」

「……是那個醫生說的？」

「如果我把器官捐出去，心臟會給她，角膜會給那邊那個病房的哥哥，醫生說會分散開來，分到不同的人身上。」

我不知道該怎麼回答。安慰？安慰……可是該說什麼才能安慰到她呢？不是騙她，而是安慰她。

「聽說她如果沒辦法盡快做移植手術，隨時都有可能會死。但她還是繼續在讀書。」

「……真了不起。」

「聽說她的夢想是當檢察官，成績也很好，是全校第一名吔。這邊的醫生私下都在討論。」

夢想成為檢察官的女孩闔上課本，接著打開參考書來看。不愧是全校第一名，很快就翻頁了。她打開解答本一一對答案、打分數。答對、答對、答對，每題都對，沒有任何錯誤。不管是哪一科的參考書，她都是滿分。

改到一半，她突然停下來，眼淚一下子就掉了下來。紅筆畫出來的勾勾，逐漸被眼淚弄模糊。彗星用我不知道究竟是什麼意思的眼神看著她，視線隨著她的眼淚移動。

「我根本沒有夢想。」

彗星突然說。生靈根本沒有痛覺，我卻覺得渾身刺痛。好悲傷。

「我從早上開始就在觀察她。她媽媽會幫她削水果、爸爸會幫她買書，她還有好多朋友，班導師也會來探病。你看那邊，有超多飲料。」

彗星手指的地方，果真如她所說，放了好多塞不進冰箱的探病用盒裝飲料。

「我喜歡那個，葡萄口味的。」

「……我買給妳吧。等我醒來，我就買很多給妳，都給妳一個人喝。買一整個冰箱的量夠不夠？」

彗星哈哈笑了起來。這是我認識她之後第一次聽見她的笑聲。總是憂鬱的她稍稍撇了撇嘴唇，原來那就是她的笑容。

「那個喝太多會膩。」
「我每一種都買就好啦。」
「那我要葡萄、柳橙跟蘋果，不要蘆薈。」
「好，妳等一下，我很快就醒來去幫妳弄一整個冰箱來。」
但那是不可能的，我們都知道。要是可以，我甚至願意去拆個便利商店的冰箱來給她。我已經臥床第六年，甦醒的可能性微乎其微。而被判定腦死的彗星，醒來喝果汁的機率更是趨近於零。
「她應該很想活下去吧？」
「……應該吧？」
「要是她活下來了，那是不是我也會復活？」
我握緊了拳頭。
「應該可以這樣想吧？因為心臟是妳的。」
她彷彿早就在等這個答案，彷彿那才是她真正想要的答案一樣，彗星笑開了。
「希望她可以來我的葬禮。」
那是彗星做出的結論。我用袖子胡亂擦了擦臉，本來想忍住的，眼睛卻不聽話地一直流汗，實在冷靜不下來。

10

說服彗星的姊姊並不容易。她連器官移植的「器」字都不想聽。我覺得我好像知道，她的奮力抗拒之下藏的究竟是怎樣一種情緒。罪惡感。她離開家之後，妹妹選擇跳樓，光是這點就讓她難以忍受。更何況妹妹的器官會被分送到不同的人那裡去，在她眼裡，說這種話的人簡直就像洪水猛獸。

「有沒有什麼方法可以把話轉告給我姊姊？」

彗星認真問我，我搖搖頭。六年來我做了很多嘗試，但都失敗了。我們是幽靈，無法用這副身體影響活人。一般來說啦。

「我姊該怎麼辦……」

就是說啊，我也很擔心。這樣下去，彗星要是死了，她還撐得住嗎？都沒有人能跟她共享這樣的悲傷。

「……不知道能不能成功。」

「什麼東西？」

「要試試看嗎？」

過去這段時間，我非常執著地觀察這個世界，並且偷偷擬定了一個計畫。雖然原本想用在自己身上，但現在覺得讓給彗星比較對。彗星，我啊，有一個很想念的人。會想出這個方法，原本就是在想有沒有機會能去見見她。

陰間使者哪裡都可以去嘛，不是嗎？當然，活人也是看不見陰間使者的。但看著看著，我發現了一件事——其實他們也有些旁門左道。我想到我在醫院的便利商店裡，喝著自己買的巧克力牛奶時，無意間發現一個穿著紅色西裝的陰間使者。剛好，隔壁病房有個就要過世的爺爺。他已在臨終之際，每分每秒都在跟死神賽跑。

「真的可以隨便做這種事嗎？」

彗星瞪大眼睛問我。我大力點頭。

「可以。」

是啊，上班的時候隨便蹺班是不太對啦。

11

「我知道你上個月二十七日凌晨三點做了什麼事情。」

這句話乍聽之下很嚴肅，但紅衣使者不僅一點都不吃驚，嘴角還微微上揚，露出一副想看看我要變什麼把戲的表情。簡言之，他在嘲笑我。

「你腦子壞啦？」

「欸，你怎麼二話不說就罵人呢？上次被我看到的時候，你就是在做不該做的事啊！」

「那又怎樣？」

他不屑地哼了一聲。一副就是那你能拿我怎樣的態度。

「如果你不乖乖接受我的要求，我就要到處去宣傳，大概就是這樣。」

「跟誰宣傳？去哪裡宣傳？」

可惡。我抓抓頭。記得那時他手忙腳亂，我還以為我抓到把柄了，沒想到他現在居然這麼理直氣壯。

「……跟鬼魂宣傳？」

「去啊。」
跟其他陰間使者告狀應該是最好的方法，但這間醫院好像是他負責的區域。雖然不是沒看過其他陰間使者，但他們只會偶爾出現，也就是沒辦法確定他們出現的時間。
「別這樣啦，就幫我一次嘛，大哥。」
「誰是你大哥啊？」
「請幫幫忙吧！帥氣的哥哥！」
一直躲在我身後的彗星，這時突然探出頭來。她迫切地握緊雙手，抬頭看著陰間使者。只見陰間使者嘖了一聲，不耐煩地皺起眉頭。
「你們一個是陽壽已經到盡頭的生靈，一個是在這裡待到讓人嫌煩的生靈，湊在一起是想怎樣？玩扮家家酒啊？」
「請幫幫忙吧，我們都這樣求你了。」
「拜託。」
「是要幫什麼？這世界上已經沒有你們能做的事了。」
「我們想說服這孩子的姊姊，想傳話給她。要是繼續放著她不管……她會撐不下去的。」
「她的壽命還沒到頭，她會活很久。」
「只剩一口氣的人，不能算是活著吧？」
「這不關我的事。你們以為陰間使者是來幫你們的？我很忙。李龍九的死亡時間到了，我要走了。」
「不行！」
彗星毫不猶豫地衝出去，一把抓住陰間使者的褲管哀求。不能輸啊！我也趕緊跑上前去，抱住他的另一隻腳。
陰間使者語帶不悅地說：
「……還不滾開？」
「就這一次，讓我能跟姊姊說話吧。我不會講很久，好嗎？該走的時候也會乖乖跟你走。就算現在要我走我也願意。」
「我也是，能做的事情我都願意做，所以拜託你幫幫忙。」
「你們真的是……」
陰間使者不斷搖頭。下一刻，他就像是被用橡皮擦擦掉的鉛筆字跡一樣，瞬間消失得無影無蹤。我們兩個人摔倒在地。雖然是不痛，但滿讓人火大的。這個沒血沒淚的傢伙！孩子都這樣求他了，幫個忙又會怎樣？我拉著彗星站起來。

「喂，你！」

咦？陰間使者不知何時再度出現在我眼前。他明確地指著我。

「你是不是說什麼都願意做？」

「……對。」

陰間使者從懷裡掏出一本小手冊丟給我。我慌忙接住一看，那是一本封面跟內頁都是黑色的手冊，終於看到一個像是陰間使者會有的東西。

「拿著這東西，去喊李龍九的名字三次。」

「什麼？」

「之後我再跟你解釋。她的壽命也快到盡頭了，沒時間了。」

天啊，不會吧！陰間使者對彗星勾了勾手指，意思是要彗星過去他那邊。彗星看了我一眼，我伸出自己的手掌。彗星遲疑了一下，然後才跟我擊掌。

「閔彗星加油！妳可以的！」

「……我去去就回。」

「還不快跟上？」

「馬上去！」

彗星趕緊跑向陰間使者。陰間使者本想帶著她直接消失，最後還是對著我比了一個殺頭的手勢，說：

「要是拿著那東西跑掉，你就完蛋了！」

……啊，是……

12

病房裡充斥著施行心肺復甦術的聲音，而我則在這個時候喊了李龍九爺爺的名字三次。李龍九、李龍九、李龍九。爺爺很快來到我旁邊。

「你在做什麼？一日兼職啊？」

爺爺看了看四周，一跟我對上眼便愣了一下，隨後才開口問我怎麼會在這裡。其實我們認識，因為每一次陷入昏迷，爺爺都會以生靈狀態在醫院裡遊蕩，而我經常陪他說話。

「嗯，差不多啦。」

「那個紅衣服的年輕人去哪了？」

「他真的是年輕人嗎？」

好歹是陰間使者吔。

「看起來很年輕嘛。」

這倒是沒錯。

「您在這裡等一下，他很快就會過來。」

「那要是我跑了怎麼辦？」

「大膽，這樣可不行喔，老人家！」

反正只要喊完名字三次，那個人的魂魄就由陰間使者掌管。簡言之，就是根本逃不了。而且我也很清楚，爺爺對人生沒有什麼留戀。他的口頭禪是：「已經活夠本了，何必苦苦糾纏只為了再多活一天？」

「欸，怎麼能讓老人家等呢？現在的年輕人，真是沒有禮貌。」

不是，就說有可能是人家更老了嘛。

「他是去做好事啦，所以就請您體諒一下吧。」

嘖，爺爺不滿地咂了咂舌。我看著爺爺的家人圍繞在已經沒了氣的他身旁，哭哭啼啼的樣子。奶奶、大兒子、大媳婦、小兒子、小媳婦。

「活夠本的老頭子要走，有必要哭成這樣子嗎？」

「過世的人不該這樣去管活人要怎麼做喔。要怎麼送過世的人離開，應該由活人來決定。」

「欸，沒大沒小的傢伙！」

可惡，被打了啦。但其實也不痛啦。

「你以為我不知道啊？臭小子！就是不想聽他們哭嘛。啊，叫他趕快來啦，之後還要走那麼遠的路，在磨蹭什麼？」

啊，如果是因為家人哭讓你心痛，你就乾脆承認嘛。不坦率的老人家背對著家人，靜靜地等著陰間使者。過沒多久，陰間使者就回來了，還帶著彗星。

彗星的臉紅通通的。

「順利嗎？」

「會順利的。」

她的聲音很有信心。太好了。我摸了摸她的頭，彗星小聲地說：
「謝謝。」
看了我們一眼，爺爺噗哧笑了出來，隨後便催促陰間使者。
「還在磨蹭什麼？趕快帶路吧。」
「你這老頭子，去陰間需要搶排隊順序嗎？不要催我。」
「什麼？現在的年輕人喔，都不懂得敬老尊賢！怎麼敢這樣跟我頂嘴？」
「這才是我要說的話。」
兩人逐漸消失在遠方，一路上還不停拌嘴。我跟彗星一起回到加護病房。彗星躺在裡面，她姊姊也在。
彗星的姊姊一臉失魂落魄。她緩緩站起身，走到躺在床上的彗星身旁，摸了摸彗星的額頭。
「……彗星。」
「嗯，姊姊。」
彗星向前一步，回應姊姊的呼喚。當然，姊姊不可能聽到她的回答。即便如此，彗星的姊姊依然繼續喊著她的名字。

「彗星。」

「嗯，我在這裡。」

啪嗒，眼淚再度順著已經乾掉的淚痕滑落。

「對不起。」

「沒關係。」

幸好，那眼淚沒有再變成如野獸般的哭喊與痛苦的掙扎。雖然依舊悲傷，但她似乎已經變得平靜許多。

13

那天晚上，彗星的姊姊簽署了器官捐贈同意書。

隔天，彗星就牽著陰間使者的手離開我身邊。最後的道別很普通，就是一直揮手直到我們再也看不見彼此。我只覺得慶幸，彗星看起來很好。

夢想當檢察官的女生，允珠的手術非常成功。彗星身上剩下的器官，分別送到需要的人那裡。允珠從麻醉中醒來的樣子、允珠的家人流下喜悅淚水的模樣，我都在旁看著。連我自己都不知道我在對誰祈禱，但只希望那孩子一定要實現夢想，成為一個了不起的檢察官，也希望她不要忘記彗星的名字。

允珠還不能到處走動，所以是由她的家人代為參加彗星的告別式。他們握著彗星的姊姊的手連連道謝、給予安慰。看著這一連串的發展，我來到身穿黑色喪服的彗星的姊姊身後坐下。雖然她看不見我，但我想陪在她身邊。

告別式的最後一天，允珠坐著輪椅跟朋友們一起來到會場。真希望彗星能看到這一幕。

「什麼都願意做這句話，你沒忘記吧？」

陰間使者悄無聲息地出現在我身旁。是該付出代價的時候了。

14

「你來當陰間使者吧。」

……什麼？

我緩緩地眨眼，再挖了挖耳朵。總覺得我好像有幻聽。

「我說你來當陰間使者。」

「我沒有申請要當吔。」

「你不是說什麼都願意嗎？事到如今想要賴啊？」

「沒有，不是啦……你們是人力不足嗎？」

「對。」

陰間使者意外地坦率。也對啦，依照我過去六年來所看到的，這位陰間使者忙得不得了。光在醫院裡面就已經夠他忙的了，而他負責的區域又很大，畢竟不是只有醫院裡會死人。

「這可不是誰都能做的事。有資格的傢伙很難找，就算找到了也常常會被拒絕。因為薪水少又要瘋狂加班。」

居然還有薪水？這真是讓人驚訝。

「這對你來說也不是壞事，你反倒要感激我。」

不是，你願意幫彗星，我就已經覺得很感激了。

「你捨命去救的那個女生，她很快就要死了。」

瞬間，我感覺心跳都要停了。陰間使者笑了出來。

「但你成為陰間使者就能救她。」

鄭熙完，妳到底發生了什麼事？

「怎麼樣？這樣還是不願意嗎？」

「我願意。」

我根本不可能拒絕。

15

陰間使者，不，現在已經是我的上司的這個男人把名簿交給我，就是那本黑色筆記本。封面上印著我的名字。才一打開，我就看見熟悉的姓名。

鄭熙完。

人的壽命會記錄三次，也就是說，人一輩子會面臨三次死亡危機。即使逃過了一次，還有下一次在後面等著。鄭熙完那天本來要死，那是記錄在她名字之下的第二次死亡，很快她會再遇到第三次。

「偶爾會有像你這樣的傢伙。要不是跟那個女人扯上關係，你本來能長命百歲。」

確實如他所說，我的死亡都在遙遠的未來才會發生。如果照著這上面寫的，那我未來八十年都得以植物人的狀態活下去嗎？這太可怕了。

「你的命可以跟她對調，方法很簡單。」

只要叫三次名字就好。

「成功的話，我就會死嘍？」

「對。反正你都成了陰間使者，剩下的命就要還給生死簿。既然怎麼樣都是要死，還不如把剩下的命給自己想救的人，通常都是這麼做的。」

所以說，只有命不該絕的人才能成為陰間使者，例如像我這樣，注定很長壽的人。但具備這種條件的人很少見，也有不少人是完成自己被分配到的工作量之後便退休，所以人力總是不足。

我突然覺得好奇。

「那你把命給了誰？」
「我不記得有准你問問題，新人。」
「我們同病相憐嘛，我想聽聽前輩的高見。」
「……倒也不是不能回答你。」
那所以到底是誰？
「給了一個女人。」
雖然他到最後都沒說是怎樣的女人，但我大概能猜得出來。跟他分開之後，我便來到病房。雖然很不孝，但為人子女的，還是得做個最後的道別啊。
媽正用濕毛巾在替我擦臉。
「攬圩。」
「是。」
「明天我要不要去見熙完？」
妳的臉上帶著平靜的笑容。我跟著妳笑了。我們金女士，金仁珠女士，我的媽媽。我知道能成為熙完的媽媽，妳有多麼開心。老實說吧，金女士，比起我，妳更喜歡熙完吧？

「替我加油吧。」

雖然碰不到，但我還是伸出手靠在妳的背上。

「一切都會順利的。」

我很想這麼告訴妳。想讓妳知道這份心意能傳達出去，而妳也會一直幸福下去。

16

「鄭熙完。」

如星星一般明亮的漆黑大眼與白皙臉龐形成對比。那雙眼睛看向了我，眼裡滿是驚訝與混亂。會嚇到也是正常的，畢竟妳以為我死了。不，妳現在這個樣子，真的可以說妳活著嗎？

看妳那張消瘦的臉我就知道，妳過得生不如死。真像個傻子，鄭熙完。妳……是不是常常哭呢？

「……金濫竽……？」

就說不是濫竽了，是攬玗。妳到底什麼時候才會把我的名字唸對？我差點要笑出來，因為妳連這點都完全沒變。

「妳的發音還是很糟糕吔，就說我的名字不是那樣唸了。」

妳的頭髮好長，個子好像也變高了。我走近看了看，發現好像沒變高，反倒好像比以前更矮了一點。不，應該不是妳沒長高，而是我長高了吧？這難道也是陰間使者的福利嗎？

「還剩兩次。」

總而言之，妳已經喊了一次。妳那麼固執，我有辦法讓妳再喊兩次我的名字嗎？我覺得這似乎是件很難的事。

「什麼……？」

「接下來還有兩次，妳再叫我的名字兩次，這樣妳就能平靜地死去。」

抱歉，我騙了妳。但如果不這麼做，總覺得妳似乎又會固執地不照我的想法去做。

「喊吧，喊我的名字。」

17

老實說，我有點享受。雖然實在不能說我們都活著，但至少我們像活人一樣走在街上。久違地吃了泡麵、去逛超市、看了些新商品、吃了頓飯，還跟妳一起走在櫻花飛舞的街道上。

不過，妳怎麼會變成這樣一個酒鬼？一臉喝一杯就會醉倒的樣子，結果還真能喝。

「妳沒有嗎？」

「……沒有什麼？」

「想做的事。有的話就說，剩沒多少時間了，我陪妳一起去做。」

「你為什麼不喝酒？」

看看妳，鄭熙完，什麼時候學會這種轉移話題的方法了？真是固執。妳沒有想做的事嗎？妳怎麼都不問我？妳以為已經死掉的我突然出現在妳面前，妳一點都不好奇嗎？

「下次再喝吧，等工作結束，到時再喝個痛快。我現在在上班啊。」

我還沒喝過酒，要是喝醉了，說不定會胡言亂語些什麼，當然不能這麼做。

「妳怎麼都不懷疑？」

「懷疑什麼？」

「不是很怪嗎？」

「……」

「不可能會有這種事啊，不是嗎？」

妳怎麼也不肯給出我想要的回答，只是一個勁兒地猛喝酒。我開始有點擔心了，妳要是醉了怎麼辦？我們分開的時間太長，我完全不知道妳發起酒瘋來會是怎樣。

「你本來就很奇怪。」

結果妳給出的回答實在讓我驚訝。是啊，對妳來說，我一直就是個怪人。

櫻花花瓣飄落到妳頭上。不知妳是不是已經有些醉了，臉開始泛紅。啊啊，糟糕，都已經過了這麼久……

在我眼裡妳還是很美。

「鄭熙完。」

「幹麼？」

「固執難搞難懂又愛胡思亂想的鄭熙完。」

我知道妳為什麼堅持不肯叫我的名字。我怎麼會不知道？我跟妳認識都多久了。

「我……」

我突然有股衝動，真的好想說。

「……妳。」

我喜歡妳。但我沒有說出口，只是含在嘴裡，最後又吞了下去。我怎麼能說呢？妳還得活下去，而我就要死了。

18

要把想跟妳一起做的事情都做一遍，一星期實在太短了。

19

旅行回來的那天，好不容易睡著的妳流著淚醒來。
「不要哭。」
這樣下去不行。如果在這樣的情況下把我的壽命給妳，妳肯定活不下去。
「那都是夢。」
雖然活著，卻不想活著，這怎麼能夠叫做活著呢？
「要不要去遊樂園？」
我決定了。如果這樣能夠成為妳活下去的動力，那我決定要稍微貪心一點。

20

「那我可以喜歡妳了。」
輕輕碰了妳的嘴唇，真的好甜。啊啊，真希望地球就這樣滅亡。我心裡想著。

貪心、迷戀，這些感受接連絆住我，讓我跨出的步伐越來越沉重。道別的地點已經決定，是摩天輪……這樣妳應該不會有創傷吧？呃嗯，但事到如今，換地點似乎也不太合適。

抱歉，但我還是希望妳能活下去。

雖然其實我也很不想死。

21

「啊，要是還活著，我真的還有很多事情想試試看。」

是啊，想做的事情真的好多。想跟妳一起做的那些事……就算我沒有把妳當成女人來看待，就算只把妳當成妹妹來看，還是有好多事情想跟妳一起做。我想活下去，想活著跟妳一起，把那些想做的事情都做一遍。我就只是希望妳可以待在我身邊。

要是真能這樣，那我什麼都願意做。

但如果我們只有一個人能活，那我……

「鄭熙完。」

比起我活著，我更希望妳活著。

「……幹麼？」

「這點小事，只是青春期造成的感傷而已。等時間再過得久一點，恐怕就會忘得一乾二淨了。」

這是騙人的。如果說時間能讓人忘記這些，如果說我的感情是那麼不堪一擊，那我為何要繼續待在這裡？可是……

「因為我們的時間停滯在青春期，所以才會至今都停留在那個狀態，僅此而已。」

妳應該要忘掉啊。為什麼要過這樣的人生呢？看著這樣的妳，我有點想生氣。為什麼妳都不要我救救妳？只要妳開口，那就不需要拖上一個禮拜，事情就會變得非常簡單。只要妳說妳想活下去，只要這樣，我就不會有這麼多留戀。

「那妳現在就忘了那些吧。」

留戀就是一種怎麼也不肯放手的執著。哎呀，金攬玗，你真像條魷魚。沒關係，時間很多，慢慢整理好心情吧。等哪一天妳的壽命到了盡頭，我們肯定會再次相會。

「走吧，差不多該結束了。」

22

「……金濫竽。」

妳終於叫了我的名字。三次，把妳我壽命交換的契約成立了。這個鄭熙完，真是有夠死腦筋。要妳開口喊我的名字，怎麼就這麼難？我說了各式各樣的謊，好不容易成功了。要是再晚一點，恐怕就要失敗了啊。

「鄭熙完，妳該從夢中醒來了。」

妳的瞳孔劇烈震動。帶著失去意識的妳，我前往醫院。我已經在那裡躺了很久，而妳也在車禍後被送了進去。

「妳現在知道是怎麼回事了嗎？」

「……我怎麼還活著？」

妳看著像死去一樣沉睡的自己，卻還是沒能接受這個狀況。偶爾就是會這樣。從身體裡跑出來的衝擊要是太大，生靈就會失去事發之前的記憶。

「妳沒死，之後也不會死。」

「啊。」

妳終於了解到整個狀況，蒼白的手驚慌地摀住自己的嘴巴。等了好一陣子，妳才斷斷續續地說：

「這……也是夢嗎？」

「不是。」

「那我要死了嗎？」

「不。」

哎呀，鄭熙完，妳怎麼還在問這種蠢問題？妳是明知故問嗎？

「為什麼？」

「我不可能眼睜睜看著妳死。我是多麼……」

我是多麼喜歡妳。那句怎麼也說不出口的話，在嘴邊停留了好一陣子，最後才又被吞回肚裡。我，除了笑之外，實在無法為妳做什麼。我想告訴妳，我喜歡妳。很想告訴妳，我喜歡妳。

但是……

「你是不是又要丟下我一個人？」

「我會等妳，妳慢慢來。」

反正我們只是暫時分開，很快又會再見面。我會等到那時候再告白，希望妳能盡情享受幸福的人生。勇敢地、愉快地、享受地。

所以……

「妳要長命百歲，我們不是約好了，一百年後再相見嗎？」

23

就這樣，我又再一次離開妳。

24

要找到供奉彗星骨灰罈的納骨堂並不難。雖然沒能依照約定拆個冰箱給她，但我沒忘記帶飲料去。不知道是不是對鏡頭很陌生，彗星的表情看起來有些痴呆。照片的後面，放的應該是她姊姊拿來的信跟餅乾。我把我帶來的果汁打開來放在旁邊。

我還是菜鳥陰間使者，實在不知道妳到底去了哪裡。但妳是個善良又溫柔的孩子，肯定會去好地方的。

我盯著照片裡那孩子的臉看了好一陣子，然後才離開。有三、四個女孩子吵吵鬧鬧地走了進來。那孩子像是沒看到我一樣，從我身旁走了過去。這是當然的。

咦？我沒有走掉，而是轉頭去看她們。那群人之中，有個孩子好面熟。那是允珠。那孩子手裡拿著用漂亮信封裝著的一封信，對著照片裡的彗星笑得很開心。

我在旁看了好一陣子，聽著那孩子開心地講著各式各樣的事，然後才轉身離開納骨堂。活著的人要繼續活下去，而我心愛的人們也將繼續他們的生活。

而我——

也繼續等著妳。

沒有你的，A

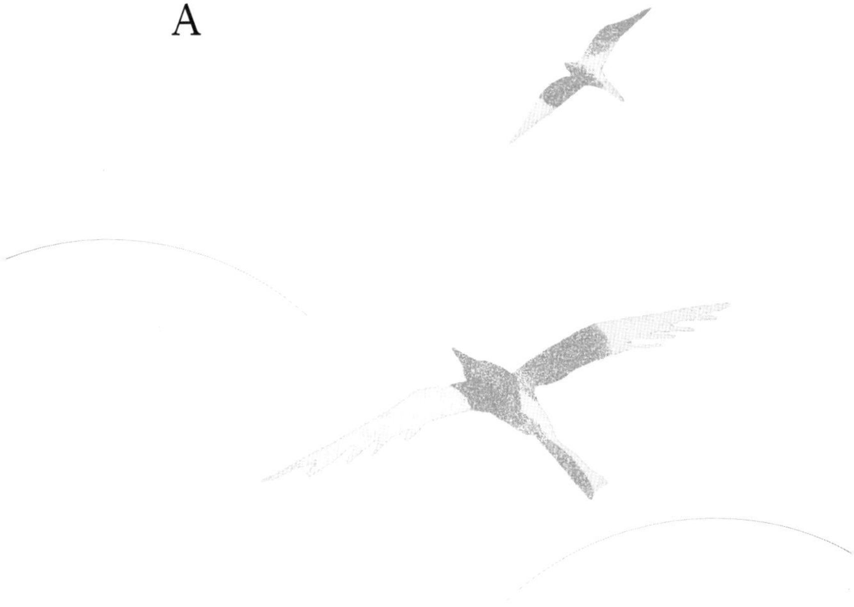

那個時候，對我來說，你就是一切。

所以你留下的東西，每一樣我都很珍惜……

0

你離開之後，我有了每天寫日記的習慣。

但內容沒什麼大不了，就只是寫下每天發生的事情、寫下明天的計畫、寫下你寫給我的遺願清單上又多了多少條線。

這樣未來哪天見到你，我就能拿給你看，讓你知道沒有你的每一天，我是怎麼度過的。

1

昨天我看了電影，是之前跟你一起看的那一部的續集。我不是一個人去。照你的提醒，我也交到了能陪伴我的朋友。

英賢去取事先訂好的電影票時，我趕緊到販賣部前面排隊，為了要買爆米花。雖然我從來沒喜歡過爆米花，但我突然想起你講過的話。

把每件事情都當成第一次，這樣什麼事都會很有趣！

英賢取完票回來，看到我手裡的爆米花便捧腹大笑。

怎麼偏偏買了這個？感覺就像在吃別人的腦髓吔！

我真不知道這哪裡好笑。

我只是覺得，這就是今天要看的電影裡的角色，所以才選了這個。

妳知道嗎？

……什麼？

這世界上，眞的不會有人像妳一樣，用這麼認眞的表情拿著爆米花在等人。單看妳的表情，騙別人說妳是爆米花研究員，我想大家應該都會相信。

變成朋友之後我才知道，英賢有些討人厭的地方。

……那妳不吃這個腦髓嗎？

欸，我哪有說不吃？鄭熙完買的吔！我開動嘍。

她一把搶走我手裡的爆米花，前往影廳的路上滿臉都是止不住的笑意。她說光是想像我面無表情地站在販賣部前面，跟店員說要一個爆米花套餐的樣子，就覺得好笑到不行。

我真的不能理解她的感受。

但感覺還不壞。相處在一起的時候很開心，這是好事。

我們看的電影，是你塞給我海報，叫我一定要去看的那部電影的續集。

電影裡的英雄們依舊很幽默、依舊很有正義感，無論面對怎樣的危機，最後他們都能拯救世界。我想，如果是你，一定會喜歡這部電影。聽了我的感想，英賢皺著眉頭抱怨。

他們是救了世界沒錯，但只有我覺得他們其實反而受了很大的損失嗎？

是嗎？這很重要嗎？

離開電影院回家的路上，每條街上都能看到盛開的櫻花。春天又來了。飄落的櫻花花瓣像某種痕跡一樣，散落在地面上。我說地上好像鋪了粉紅色地毯，英賢又呵呵笑了起來。我這才稍微了解，好像不管我做什麼她都覺得有趣。

剛才妳好像第一次看到櫻花的幼稚園小朋友。

……

我經常覺得，她跟你和阿姨好像。包括不管我做什麼她都會笑，屬於我完全無法理解的人，但我並不討厭她這點都很像。

2

夏天近在眼前了。

我們四個人聚在一起，聊了聊即將到來的假期，最後的結論是看要不要一起出去旅行。這會是第一次的家族旅行。

在規劃這次旅行的時候，媽媽一直很開心。她說她是第一次搭飛機，我都不知道。我也是第一次。爸爸沒有表現出來，但他也是第一次。

看著我們三人，英賢咧嘴笑著說，那大家應該都不知道嘍？搭飛機的時候一定要把鞋子脫下來。

我心想，誰會被這種話騙到？但看到爸上飛機之前有些猶豫的樣子，又覺得好像也不一定是我想的那樣。媽媽笑著推了他一把，而我則抱著熙攬跟在後面。一坐到位子上，繫安全帶的時候，我似乎有些緊張。

在飛機終於起飛的時候，我看著晴朗的天空，想起放在背包裡的照片。看，這是我們第一次的家族旅行。即使沒有真的陪在我們身邊，但你都在我們心裡。所以說，這是一趟你也跟我們同行的旅行。

3

這是個有些尷尬的季節。

要說是晚春也沒問題，要說是初夏也沒問題。與陸地不同的劇烈海風之中，同時有著春天與夏天的氣息。有著又甜、又澀又有些溫暖的香味。

爸爸最近開始喜歡上攝影。像是想要補償過去那段時間一樣，他拍了很多熙攬、媽媽跟我的照片，拍著拍著就發展成興趣了。我們在陌生島嶼上閒逛時，他從未放下手上的相機。

快門聲接連不斷，媽媽抱緊了熙攬擺好姿勢。在夕陽西下的海灘上、在高聳矗立的樹下陰影、在設計成迷宮的庭園裡、在不知名的野花前面。她們遠遠地看著瀑布，踩在雪白的沙灘上，走在陽光微弱透入其中的漆黑洞窟裡。

「熙完！快過來！妳也要一起拍啊！」

偶爾會跟我一起。

那些風景，都溫柔得令人無法置信。

「熙攬，看姊姊，看姊姊。」

「媽媽……馬麻……」

「我們熙攬什麼時候開始會講話啦？」

「……她才兩歲，還早呢。」

一般來說，人們都會要小嬰兒先喊媽媽或爸爸，但媽媽卻選擇要她先喊姊姊。坐在嬰兒車裡的熙攬笑咪咪的，看起來很開心，讓媽媽也跟著笑了。透過觀察熙攬我才知道，小孩真的很有趣。前一秒還笑呵呵，後一秒卻會突然暴哭。她的反應總讓我難以預測，一想到她心中有著屬於她自己，微小卻充實的世界，我就覺得她可愛到讓人受不了。

我放下自己看到一半的書，把半邊椅子讓給來到我身旁的媽媽。她看了一眼，注意到我正在看的那本書的書名。

「老天，這是什麼？《看照片輕鬆學育嬰》？」

「……書裡面把小孩的成長階段用照片整理出來，很好懂。」

「熙完……」

媽媽一時說不出話來，淚水在眼裡打轉。這也是讓我驚訝的地方之一。媽媽很愛笑，同時也很愛哭。你在我面前總是笑得溫柔，卻從未在我面前流過眼淚。

究竟差在哪裡？

「我們家熙完，竟然這麼乖。妳已經這麼漂亮了，還這麼乖，真是讓人不知該拿妳怎麼辦。」

媽媽一把抱住我，哭了好一陣子。我一時之間不知該說些什麼。我做這件事只是因為自己想做而已。我想了一下，最後回抱住她。

這時候爸爸停下了快門，拿起我在看的那本書。他皺起了眉頭，每翻過一頁便一邊嗯、嗯地點頭，似乎很沉浸在那本書裡。

我會好好愛護妳，我的寶貝女兒。我愛妳。媽媽低聲說，我覺得背在發燙。不管怎麼想，這似乎都不應該是在人潮眾多的咖啡廳陽台座位上演的場景。

如果你在這裡，你會說些什麼呢？

不曉得。如果是你的話，搞不好根本不會覺得不好意思，甚至還會一把抱住爸爸，也大喊說愛他們。一想到這裡，我就莫名地笑了出來。

「……我也是。」

我想起之前在書上讀過的一句話。愛要及時說出口。別想著還有明天、還有後天。若是一天拖過一天，那彼此之間就會越來越遙遠。既然這樣，那至今從未說出口的那些，是不是該更勤奮地補回來？

如果你看到現在的我，肯定會笑著說幹得好。所以我代替你，一把將爸爸拉過來，用眼神慫恿他。

「……我愛……嗯。」

爸爸花了點時間才把整句話講完。

但沒關係。

你離開之後，等待對我來說就成了件有趣的事。

4

深夜，其他家人都睡了之後，我悄悄開門來到陽台，手裡拿著英賢拍下的我們的合照。

你看得到嗎？

星星看起來離我好近，彷彿就要從天而降。

今天，你寫給我的遺願清單又有一項被劃掉了。等每一個願望都被劃掉之後，我在想要不要再加上新的。因為等熙攬再長大一點，我們可以一起做的事情會變多，所以我想慢慢增加項目。有幾個願望我自己拿掉了，這點請你諒解。

那都是沒有你就做不了的事情，或沒有你就不想做的事。

對我來說，真的有很多這樣的事。

「好想你……」

被深沉黑暗所籠罩的夜空，其中不褪色的耀眼星星，真的都好美麗。

好像某天，我們坐在沙灘上仰望的那片夜空一樣。就像我們聽著古老的情歌、迎著甜甜的風，我喝著啤酒，而你喝著碳酸飲料的那時一樣。

以後我應該也會偶爾想起你吧。只是等我被時間推著前進，記憶逐漸模糊之後，我想起你時，或許只會淡淡地想「是啊，也曾經有過這樣一個人……」。

那個時候，對我來說，你就是一切。

所以你留下的東西，每一樣我都很珍惜，也會慢慢沿著這條你為我開好的路走下去。等很久很久以後，我再見到你時，我一定會告訴你。

「嗨，攬玗。」

打完招呼，然後我會說出每次碰面都猶豫再三，最後卻錯過機會而沒能說出口的話。

5

「我喜歡你，一直都很喜歡你。」

這就是我想說的話。

沒有妳的，B

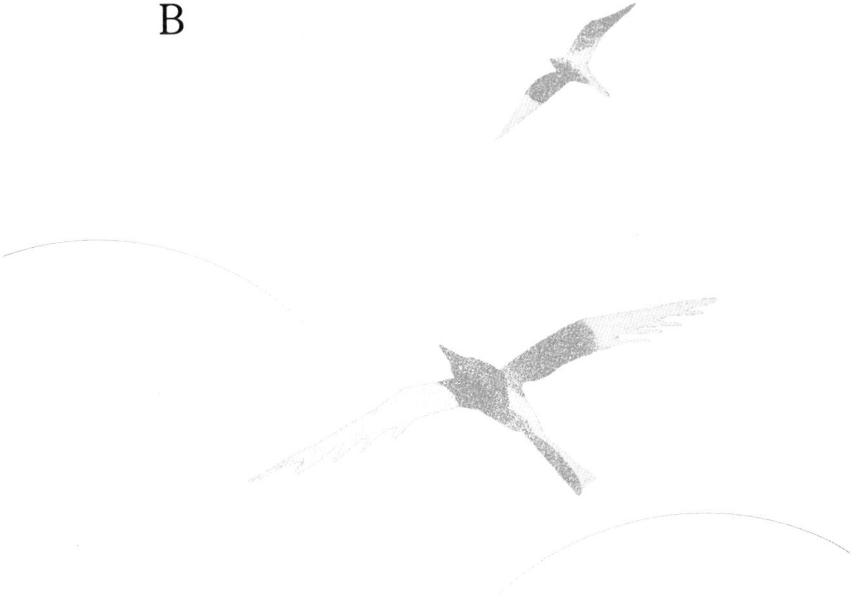

我只希望妳能幸福，我很慶幸，

因為妳看起來很幸福，看起來過得很好。

0

「請客還是搗蛋！」

「……你幹麼，太不吉利了吧？」

「很快就是萬聖節了嘛。」

「那是西方的節日，你在那裡瞎起鬨什麼？」

跟著他四處奔走、學習了一段時間，我才知道我這個遙不可及的同事兼前輩，這位穿著紅色衣服的陰間使者，其實是朝鮮時代的人。難怪，我就覺得他講話聽起來有點古板。我小小聲地說他真是個活了幾百年的老古板，但似乎是被他聽見了，只見他眼神銳利地盯著我。

一副我要是敢再多說一句，他就要把我的頭給扭斷的樣子。

欸，那又怎樣？節日這種東西就是要享受的嘛，誰管它是西方節日還是東方節日？我脫下戴在頭上的南瓜，將南瓜頭抱在手上。老實說，這東西很受小孩歡迎。戴上這個南瓜頭，出去外面大喊「請客還是搗蛋！」大家一定都會笑到翻過去。

今天，我負責的區域有個年紀還很小的孩子死去。

死亡不會挑對象拜訪，不會等待，更不會挑時機。雖然理性上很清楚這點，但感性上卻不容易接受。前輩不屑地問說，我想出的辦法難道就是把自己變成小丑嗎？但我只覺得，希望自己能多少讓他們的腳步不那麼沉重。

「好，你說那叫萬聖節，是吧？」

「對，萬聖節，是亡者與生者在同一個地方交流的活動。」

雖然他看起來不怎麼有興趣，但我還是做了補充說明。

「真麻煩，剛好是那個時候呢，很少有這麼剛好的機會。」

前輩嘀嘀咕咕地說著。什麼事情這麼剛好？難道是什麼星星的軌道剛好交會嗎？什麼大十字相位之類的。

「有時候就是會遇到這種日子，亡者與生者頻率剛好對上。這種事不常見，大概一百年會有一次吧。」

「哎呀，那真的就是萬聖節吔。」

「看來你還不知道這代表什麼意思啊，新人。」

真是的，我當上陰間使者也已經幾年了，居然還叫我新人。

「這種日子，施加在亡者身上的制約會變弱，我們也一樣。」

「……咦？那該不會……」

「沒錯，就是你能去見你想見的人。」

我聽到自己的心哐啷一聲沉了下去。

1

死亡不會挑時機。

即便是萬聖節當天也一樣，所以我整天都很忙。如果我還活著，肯定會抱怨忙到連上廁所的時間都沒有。幸好我不用去。我抱怨說今天比平常還累，前輩說這是當然的，他已經說過這一天施加在亡者身上的制約會變弱。

所以大家都一個個這樣給我逃跑啊！難怪我就覺得今天亡者動作特別敏捷！

總而言之，工作也差不多告一段落了。我隨手把名簿塞進懷裡。不知不覺，已經到了太陽下山的時間，或許能見到妳的時間也沒剩多少了。

「你要去找她嗎？」

「我還在想。」

「你最好別去。」

「這……為什麼？」

「你把她從來不想要的生命給了她，有些人雖然會從此好好過生活，但也有些人做不到。無論是哪一種，你看了肯定都不會覺得舒服。」

前輩的口氣跟表情無比苦澀。那彷彿回想起遙遠過去的眼底，深埋著難以揣測的沉重心情。

我真的是好奇才問的。

「你曾經……去見過她嗎？」

「這個嘛，要說有也是有，要說沒有也是沒有。你自己看著辦吧。」

他吸著手裡的巧克力牛奶轉身離開了。我蹲坐在原地。難得這麼認真聊一件事，都被那個巧克力牛奶給毀了。

「……到底要不要去？」
妳過得好嗎？還是過得不好呢？這種問題並不重要。
我相信妳，相信我愛的人。你們肯定彼此扶持，過著充滿歡喜與眼淚的日子。問題在我身上。見到妳之後，我恐怕無法輕易離開。

2

前往附近的遊樂場，並沒有什麼特殊原因。可以說是我想加入這個慶典的遊行隊伍吧。
所以說呢，會看到在路中央哭泣的這個孩子，也真的只是偶然。
「鏘鏘，可愛的小妹妹，妳怎麼在哭？」
「……南瓜。」
「對，我是南瓜哥哥。妳怎麼了？要不要跟我說？」
「我姊姊叫我不要跟陌生人講話。她說正常的大人不會假裝對不認識的小孩很親切！」

鄭熙完一點都沒變。

我不自覺露出苦笑。但我戴著南瓜頭，這孩子想必不會看見我的表情。好，該怎麼講才能讓她稍稍放鬆警戒呢？

「妳有姊姊啊？」

「嗯，我姊姊，很漂亮！」

她一下子忘了要哭，雙拳握得緊緊地大喊，樣子實在太可愛，讓我忍不住笑了出來。一看到她我就知道了，那圓滾滾的眼睛、微微笑著的嘴角，都像極了我們家金女士。叔叔，不對，爸爸的痕跡……我來看看。應該可以說是這個特別烏黑的頭髮？

「那妳不要亂跑，在這裡等好嗎？我去把妳姊姊帶來。」

「你認識我姊姊嗎？」

「不認識。但感覺看到就會知道是她。」

「怎麼會？」

「哥哥我其實是魔法師喔，只要看一眼就能夠猜中任何事。」

「騙人！」

「沒有，是真的。」

「亂騙人的都是壞人！」

她雙手扠腰，露出一副嚴正譴責的表情。不行了。我拜託她千萬別亂跑，乖乖待在這裡，然後便趕緊跑到附近的遊客中心去。

「不好意思，要拜託你們廣播！」

這種日子本來就比較混亂，似乎有不少孩子已經走失了。服務人員不慌不忙地走上前來，請我提供孩子的相關資料。相關資料、相關資料，看起來大概是五歲左右，名字……仔細一想，我不知道她叫什麼名字。

欸，一直以來都是這樣，不知道的話先猜就是了。

「鄭熙攬，請廣播說鄭熙攬小朋友在找姊姊鄭熙完小姐。說她在旋轉木馬前面等。」

就算錯了，鄭熙完肯定也會立刻注意到廣播，跑來找妹妹吧。而且我相信我絕對不可能猜錯。媽跟鄭熙完她們喔……哎呀，很好猜啦，我又不是第一天認識她們了。

3

接著我狂奔回到原來的地方，幸好那個孩子沒亂跑，還在那裡等著。她呆站在旋轉木馬前，不停四處張望，不知從什麼時候開始，她就沒繼續哭了。

「南瓜！」

那孩子發現了我，笑著對我大喊。糟了，這傢伙，個性跟她姊姊一點都不像吔！親人這件事情不是什麼壞事，但就現在這個世道來說，還是有點危險的。哥哥我真的很擔心，熙攬。

真是的。

「妳叫什麼名字？」

「姊姊說不能把名字告訴不認識的人。」

「好，那我來猜猜看吧。」

「嘿，要給你提示嗎？」

「不用，給我機會就好。我看看……鄭熙然？」

「錯！」

「那鄭熙彬？」
「錯！」
「鄭熙京？」
「哎呀，錯！」
那孩子跺起了腳，好像很氣憤。果然，我想的那個名字就是正確答案。
「鄭熙攬，對吧？」
「你怎麼知道？我又沒跟你說。」
「就說我是魔法師啦。」
「騙人。」
「妳這個疑心病重的孩子，妳相信有聖誕老人嗎？」
她輕輕點了兩下頭，只見她雙手十指緊握，雙眼閃閃發亮地說：
「這是祕密喔，聖誕老公公其實不是老公公。」
「不然呢？」
「是我姊姊。」
「妳姊姊人有這麼好？」

「嗯！我姊姊很漂亮！很善良、很溫柔，在這世界上我最喜歡姊姊。」

「那媽媽呢？」

「媽媽排第二，爸爸排第三。」

我想啊，我們家這個血統，也許就是對鄭熙完會很有反應吧。怎麼會從金仁珠女士、我到妳這小鬼，都這麼喜歡鄭熙完呢？

「熙攬！」

啊。

剎那間，我冷不防抖了一下。是妳，妳激動的嗓音，飛進我的耳裡、刺進我的心裡。

「姊姊！」

熙攬從我身旁跑過去，筆直地朝妳跑過去。

看，我的信任沒有白費。真想讓人看看。看看妳，看看我深愛的妳，沒有我也能這樣勇敢地過著自己的生活。而多虧於此，我覺得很幸福。

好，第一次分開並沒有很困難，第二次當然會更簡單。

「姊姊，妳怎麼在哭？」

「……我沒有。」

「騙人的話屁股會長角喔。」

「不會有那種東西。」

妳的聲音離我越來越遠。我沒有回頭。因為要是看到妳的臉，我怕我會忍不住。

「妳跑去哪裡了？一直在這裡嗎？」

「那個啊，我跟著小丑過來……啊，姊姊，妳的表情好可怕。妳生氣了嗎？」

「……沒有。但是姊姊很難過，妳應該跟著姊姊走才對啊。」

「嗯，我本來想叫姊姊……對了，姊姊，是那邊那個南瓜哥哥幫我叫妳來的。」

「南瓜？」

「嗯，在那邊……咦？怎麼不見了？跑去哪裡了？」

我加快腳步，要趕快躲進人群裡，讓妳看不到我。但我的速度似乎還是太慢了。

「……濫竽。」

妳叫了我的名字。啊，時間真的……沒剩多少了。該怎麼辦才好？我煩惱著，最後還是微微舉起了手。這樣打個招呼就夠了。妳跟我的會面，已經決定要等到妳的時間走到盡頭再繼續。我只要這樣就夠了。

話說回來，不是濫竽是攬圩，妳到底要到什麼時候才肯好好叫我的名字？

不過，妳繼續這樣也不壞啦。

「謝謝。」

就這樣。

妳沒有留住我，而我頭也不回地離開了遊樂園。萬聖節即將過去。生者與亡者的頻率接軌的時刻，削弱了加諸在我身上，即使遇到妳也不能跟妳說話的限制。只是那段時間，正以極快的速度邁向終點。要為這樣的一天畫下句點，該做什麼才好呢？

「好，那去久違的納骨堂看看吧。」

我只希望妳能幸福，我很慶幸，因為妳看起來很幸福，看起來過得很好。

所以鄭熙完，我們的重逢就再等等吧。

直到妳生命結束的那天，到時我一定會告訴妳。

我真的，很喜歡妳。

Fin.

後記

我忘了曾經在哪裡看過一個怪談，說陰間使者會變成我們認識的人出現在我們面前。網路上確實也有幾個這樣的說法。例如陰間使者變成已經去世的大伯父，出現在父親的面前，不然就是已經去世的某個親戚要求幫忙開門，門一開發現外頭站的是陰間使者等等。

一個再婚的家庭裡，沒有血緣的兄妹在法律上是可以結婚的。只是韓國的社會不太能接受這種事。

鄭熙完是個活在自己世界的人。「你」死掉之後，她的時間便始終沒有向前進，她一直把自己關在自己的世界裡，不讓任何人來到她的身邊。我試著讓讀者透過文字，了解到她窄小的世界有多麼令人窒息。希望能透過文字，讓大家了解她的視野所能看見的世界有多狹小，因此故事給人的感覺多少有些缺乏解釋與說明。

我補充幾件事，攬圩是陰間使者，也可以使用幾項使者應有的能力。而熙完的世界裡，一直都只有攬圩。因為她把所有的心思都放在攬圩身上，所以是執念很強的生靈，再加上她也一直堅信自己是活著的。攬圩從來不曾相信超能力、鬼或靈異現象等事情，只覺得有這種事的話應該會很有趣。畢竟無論是面對什麼，相信的力量永遠會帶來奇蹟。兩人在一星期內經歷的事情，是發生在活人的世界，但也不是在活人的世界。有些事情留下了痕跡，有些事情卻無法留下，希望大家可以從這個觀點來看待這個故事。

除此之外，像是跟熙完媽媽有關的故事、鄭日範的大學戀愛史（兩人是在大學相遇，談了一場轟轟烈烈的戀愛之後才結婚的）、鄭日範姊姊的故事（個性很豪爽，跟外國人結婚，現在住在美國）、穿紅衣的陰間使者（名字叫明雲，雖然不是本名）的個人故事等，我都有事先設定，但實在沒辦法都寫進去。真希望有機會能說這些故事。

這個故事在某個寒冷的冬天主動找上了我，只是我花了一點時間才把那些靈感整理成文字。

我記得我之所以開始寫這個故事，是為了要感謝那些讓我鼓起勇氣努力活下去的人。這是我的第一部作品，創作的過程中經歷了許多困難與艱辛，但還是帶給我很多安慰。希望大家在閱讀的時候，也能多少覺得享受。可以的話，也希望帶給大家安慰。

「等待令人悸動」是我最喜歡的演員曾經說過的話。這句話帶給我很大的安慰，所以我才借用了一下。多虧了大家誠心誠意給予我的溫暖，我才能夠走到今天，謝謝。

K原創032

我死的一週前

填回函雙重禮
①立即送購書優惠券
②抽獎小禮物

作　　者—徐誾蔡
譯　　者—陳品芳

出 版 者—大田出版有限公司
台北市一〇四四五中山北路二段二十六巷二號二樓
E-mail—titan@morningstar.com.tw　http://www.titan3.com.tw
編輯部專線—（02）2562-1383　傳真：（02）2581-8761

總 編 輯—莊培園
副總編輯—蔡鳳儀
行銷企劃—張采軒
行政編輯—顏子容
校　　對—陳品芳／黃薇霓／黃素芬
內頁美術—陳柔含

初　　刷—二〇二五年八月十二日　定價：三八〇元

網路書店—http://www.morningstar.com.tw（晨星網路書店）
TEL：（04）23595819　FAX：（04）23595493
購書Email—service@morningstar.com.tw
郵政劃撥—15060393（知己圖書股份有限公司）
印　　刷—上好印刷股份有限公司
國際書碼—978-986-179-952-0　CIP：862.57/114005391

國家圖書館出版品預行編目資料

我死的一週前／徐誾蔡著；陳品芳譯．——
初版——台北市：大田，2025.8
面；公分．—（K原創；032）

ISBN 978-986-179-952-0（平裝）

862.57　114005391